강준현 장편 소설

FUSION FANTASTIC STORY

개척자

Pioneer

개척자 2

강준현 장편 소설

초판 1쇄 찍은 날 § 2015년 1월 22일
초판 1쇄 펴낸 날 § 2015년 1월 29일

지은이 § 강준현
펴낸이 § 서경석

편집부장 § 권태완
편집책임 § 박용서

펴낸곳 § 도서출판 청어람
등록번호 § 제387-1999-000006호
등록일자 § 1999. 5. 31
어람번호 § 제1-2036호

주소 § 경기도 부천시 원미구 부일로 483번길 40 서경B/D 3F (우) 420-822
전화 § 032-656-4452 팩스 § 032-656-4453
http://www.chungeoram.com
E-mail § chungeorambook@daum.net

ISBN 979-11-04-90078-5 04810
ISBN 979-11-04-90076-1 (세트)

강준현 장편 소설

FUSION FANTASTIC STORY

개척자 ②

Pioneer

CONTENTS

1장

접근

"……."

준영은 멍하니 다락방에서 꺼내온 컴퓨터를 바라보고 있었다.

분해된 채였는데 내부를 채운 장치들은 탄 자국이 선명하게 남아 있었다.

"평행 우주론이 맞기를 바랄 날이 올 줄이야."

담담하게 뱉은 말이었지만 처연함을 없애진 못했다.

다시 한참을 바라보던 준영은 마침내 자리에서 일어났다. 그리고 빈 뚜껑을 강하게 걷어찼다.

터엉!

"아얏! 졸라 아프네. …크크큭큭! 미친 새끼, 고작 포르노 게임을 하다가 뒈지다니……."

몸의 주인에 대한 욕설이었고 자신에 대한 지독한 비하의 말이었다.

준영은 입술을 이로 잘근 씹으며 방을 맴돌았다.

그는 자신의 추측이 틀리다는 걸 증명하기 위해 머리를 굴리고 있었다.

자신이 평행 우주의 인간이 아닌 게임 속 캐릭터에 불과하다니 말이 되지 않았다.

생각을 하고 슬퍼하고 기뻐하며 오감을 즐길 줄 아는 캐릭터가 어디 있단 말인가?

[인공지능이 있잖아!]

마음 한편에서 누군가가 외쳤다.

'아직까지 인공지능은 없어! 퓨텍의 메인 컴퓨터조차 아직은 인공지능이 아니라는 의견이 대다수야!'

준영의 다른 마음이 반론을 제기했다.

[네가 음식을 먹을 때마다 틀렸던 것은 어떻게 설명할 거지?]

'세계가 다를 뿐이야!'

[평행 우주론을 믿는다고? 우주의 크기조차 어림짐작하는 인간이 그 우주가 또한 무수히 많다는 걸 어떻게 증명하지? 그건 상상의 산물이야!]

'내가 캐릭터에 불과했다는 상상보다는 현실성이 높아! 난 차라리 평행 우주론을 믿어!'

[큭큭큭! 넌 이미 알고 있잖아. 남자의 기억 속 세계가 너의 세계라는 걸.]

'……'

[차라리 인정해. 그럼 편해져. 평행 우주에서 온 것이나 컴퓨터 속에서 온 것이나 뭐가 다르다는 거지? 넌 이미 저 세계를 포기하고 있었잖아? 한데 컴퓨터 속이라면 돌아갈 수 있어.]

'닥쳐! 난 캐릭터가 아냐!'

[돌아갈 수 있어. 평생 펑펑 써도 마르지 않는 돈과 매일 밤 새로운 여자를 안을 수 있는 곳. 네가 알던 사람들을 만나고 싶지 않아?]

'…돌아가지 않아. 난 인간이야.'

[인간과 캐릭터가 뭐가 다르지? 태어나서 먹고 일하고 즐기고 그러다 가는 거야. 단순화시키면 똑같아.]

"인간이야! 인간이라고! 내가 증명해 보이겠어!"

준영은 고함을 치며 상념에서 깨어났다.

그리고 분해되어 있던 부품 중 날카로운 것을 손에 잡고 자신의 팔뚝을 찍었다.

주룩!

붉은색의 피가 흘러나와 바닥으로 떨어졌다.

"봐… 인간… 이잖아……."

준영은 붉은 피를 보며 중얼거렸다.

그렇게 한참을 그저 멍하니…

잠은 걱정을 옅게 지우고 때론 현실을 담담하게 바라볼 수 있는 멍한 상태로 만들어준다.

오후 3시부터 잠이 들어 새벽 6시에 일어난 준영은 그런 상태로 헬스클럽에 다녀왔고 아침을 먹기 위해 식탁에 앉았다.

"…괜찮니?"

"네, 엄마. 어제는 많이 놀라셨죠? 잊고 있었던 컴퓨터 애기를 들으니 갑자기 감전당했던 때가 떠올라서 그랬어요."

"병원에 가보지 그러니?"

"이젠 괜찮아요. 형이 많이 걱정했겠네요. 메시지 보내고 출근해야겠어요."

"그렇게 하렴."

준영은 아침을 먹고 컴퓨터를 챙겨 집을 나섰다.

배정철 팀장에게 전화를 걸어 오후에나 출근하겠다고 전하고 택시를 타고 용산으로 향했다.

자기가 캐릭터가 아님을 증명하기 위해서 기억 속의 사이트를 찾아봤지만 접속이 불가능했다.

그 이유를 찾기 위해 용산으로 향한 것이었다.

"보드와 CPU 몽땅 나갔어요. 하드디스크는 다행히 살아 있네요."

컴퓨터 A/S센터 직원이 컴퓨터를 어떻게 쓰면 이렇게 되는지 궁금하다는 표정으로 말했다.

"혹시 뭐 이상한 점은 없었나요?"

"이상한 점이요?"

"네, 칩이 바뀌었다든가, 아님 보드 자체가 주문생산 된 것이거나."

"글쎄요, 잠깐만요."

직원은 다시 보드와 장치들을 요리조리 뒤집어가며 세세히 살피기 시작했다.

"제가 보기엔 아무 이상 없는데요. 이 보드는 유명 회사 보드예요. 같은 종류의 보드가……."

직원은 같은 종류의 보드와 탄 보드를 같이 보여줬다.

준영이 보기에도 딱히 이상은 없어 보였다.

"하드디스크만 가져갈게요. 참, 이 헤드셋도 점검해 주시겠어요?"

준영이 헤드셋을 내밀자 직원은 손을 흔들며 말했다.

"헤드셋은 요기서 좌측으로 쭉 가면 센터 있어요. 거기서 보시는 게 좋을 겁니다."

비용을 지불하고 헤드셋 A/S센터로 갔다.

번호표를 뽑아 기다리자 곧 차례가 왔다.

"무엇을 도와드릴까요?"

"헤드셋이 타버렸는데 이유를 알 수 있을까 해서요."

"줘보세요."

받자마자 눈앞에서 헤드셋을 분해하던 직원은 새까맣게 탄 내부를 보더니 혀를 찼다.

"쯧쯧! 역전류가 흘렀나보군요. 복구가 불가능한 수준인데요. 가만……."

"뭐 이상한 게 있나요?"

준영은 눈을 빛내며 물었다.

직원이 탄 부분을 핀셋으로 조심스럽게 긁어내고 실눈을 뜨고 칩을 살폈다.

"이거 개조 칩을 쓰셨네요. 이러면 A/S가 안됩니다, 고객님."

"그… 런가요?"

직원의 말을 듣고 어디서 개조했는지 알아보려는 순간 어떤 장소에 대한 기억이 났다.

'어떻게 된 머리가 실마리를 잡아야 기억이 나냐!'

준영은 멍청한 몸 주인의 머리를 탓하며 헤드셋을 들고 밖으로 나왔다. 그리고 다시 택시를 타고 기억 속의 장소로 향했다.

종로 세운상가.

깔끔한 건물에 수많은 작은 상가가 있었다. 용산과 비슷한 구조였지만 컴퓨터만 취급하는 곳이 아니라는 점이 달랐다.

'여기군.'

기억 속 칩을 바꾼 곳이었다.

한데 이제 떠오르는 기억을 보니 헤드셋을 개조하기 위해 한 번이 아니라 여러 번 왔다 갔다 한 모양이었다.

A/S센터 직원이 개조를 해준 사람도 벌을 받지만 개조를 받은 사람도 벌을 받는다며 절대 하지 말라고 한 걸 보면 함정수사라 생각해 그랬을 수 있었겠다 싶었다.

준영은 여러 번 올 생각은 없었다.

열심히 일하는 중년 남자를 보고 생각을 마친 준영은 안으로 들어갔다.

"어서 오세요."

"아저씨, 저 기억하시죠?"

"글쎄요?"

"있잖아요. 개조……."

"아, 아아아아! 기억난다. 기억나. 렉이 걸린다고 찾아왔었지?"

"네, 맞아요."

기억이 났는지 중년 아저씨는 창밖으로 누가 있는지 살피며 자리를 권했다.

"근데 무슨 일인데?"

평범한 가게 주인에서 날카로운 인상의 장사꾼으로 갑자기 분위기가 바뀌었다.

준영은 헤드셋을 꺼내 아저씨 손에 쥐여 줬다.

"그것 때문에 헤드셋이 타버렸어요."

"그, 그럴 리가!"

전혀 믿는 눈치가 아니었다. 그리고 물어달라고 할까 봐 인상을 더욱 험악하게 구겼다.

물론 절대 무서워할 만한 얼굴은 아니었다.

"그렇다고 물어달라는 건 아니에요. 아저씨가 그때 이상이 있어도 절대 탓하지 말라고 하셨잖아요."

"마, 맞아. 그랬지! 그렇고말고!"

"대신 이거 빨리 해주세요."

준영은 가방에서 자신이 쓰던 헤드셋을 꺼내 아저씨에게 건넸다.

"험! 험! 시간이 좀 걸리는데……."

"진짜 이러실 거예요? 돈 깎아달라는 것도 아니고 빨리 해달라는데 그것도 못 해줘요?"

"알았다. 알았어. 당장 해주마."

준영의 말이 타당했기에 주인아저씨는 결국 항복을 했다.

그는 문을 걸어 잠그고 가게 옆 쪽문으로 들어갔다.

"좁지만 여기서 기다려."

"해주기만 하세요."

각종 공구들로 가득한 한 평도 채 되지 않는 작은 쪽방이었다.

헤드셋을 분해하고 기존에 있던 칩을 떼어내고 새로운 칩을 달았다. 그리고 작은 기계에 헤드셋을 끼우더니 몇 가지 버튼을 눌렀다.

"자, 끝이다. 최신 펌웨어로 업그레이드까지 해줬다."

"에게? 이렇게 빠르게 되는 걸 그렇게 튕기셨어요?"

"원래 이곳은 보여주면 안 돼. 너도 절대 비밀로 해라. 혹시 걸리면……."

"제가 왜 그 짓을 해요. 이 좋은 걸 만드는 곳인데."

"원래 말 많은 놈들이 입도 가벼운 거야!"

"전 무겁거든요. 한데 펌웨어가 업그레이드됐다면 바뀐 건 있나요?"

펌웨어—롬(ROM)에 기록된 하드웨어를 제어하는 프로그램의 일종—가 업그레이드된다면 뭔가가 바뀔 수가 있었기 때문이다.

"없어. 그냥 그 사이트에 접속하면 돼. 칩의 성능을 향상시킨다고는 하던데 그야 모를 일이고."

"근데……."

"근데고 순대고 간에 귀찮게 굴지 말고 가! 나도 일을 해야 할 거 아냐."

준영은 몇 가지 물어보고 싶은 게 있었다.

"점심 식사는 안 하세요? 제가 쏠 테니 가시죠?"

"내 점심은 내가 알아서 할 테니 좋은 말로 할 때 어서 가!"

"근처 맛집은 어디 있나요?"

"맞은편 닭볶음탕이… 이게 아니지. 안 가? 안 가?"

때리려는 시늉을 하면서 협박했지만 귀여운 수준의 애교로 보일 뿐이었다.

"가시죠. 빨리 고쳐 준 감사의 성의라고 생각해 주세요."

준영은 아예 아저씨의 등을 밀었다.

"어? 어? 이, 이거 안 놔?"

"어서 가요."

"놔! 놓으라고, 짜샤! 문은 닫고 가야될 거 아냐!"

결국 승자는 준영이었다.

맛집답게 아직 이른 시간임에도 좌석은 이미 반쯤 차 있었다.

닭을 품은 냄비가 가운데 올라와 끓기 시작하자 매우면서도 달콤한 냄새가 후각을 자극했고 침이 고였다.

"이모, 여기 소주 주세요."

"젊은 놈이 낮술은."

"살아 있음을 느끼고 싶어서요."

"미친놈, 지랄을 해라."

소주와 두 개의 소주잔이 테이블에 놓였다.

준영은 아저씨 앞에 놓인 술잔에 술을 따른 후 자신의 잔에도 따랐다.

"마시겠다고 안 했는데 왜 따라?"

"혼자 마시면 맛없잖아요."

"살아 있음을 느끼고 싶다며?"

"혼자 마시면 느껴지나요?"

"…아니, 젠장! 오늘 하루 공치겠군. 마셔."

준영이 마시기 위해 시킨 술이었지만 아저씨가 더 좋아라 하며 마셨다.

그리고 적당히 술이 들어가자 준영이 묻는 말에 잘도 자세히 설명해 주기 시작했다.

"한 4년 전쯤인가? 옆 가게에서 일하시던 형님한테 이상한 메일이 도착한 거야. 근데 그 메일을 확인해 보니까 가상현실과 관련된 얘기와 개조 칩에 대한 얘기가 적혀 있었던 거지."

"그래서요?"

"그 당시 TV를 켜면 가상현실 기술이 어디에 적용되었다, 어디에 사용하고 있다는 기사밖에 나오지 않을 때였거든. 그러니 일단 시선이 갈 수밖에 없었지."

"그랬겠네요."

준영은 말이 끊어지지 않게 맞장구를 쳐주었다.

"당시 가상현실이 나온 지 일 년, 사람들은 가상현실에서 섹스를 할 수 있는 기술이 나오지 않을까 기대하는 사람이 많았지. 한데 그 메일에 떡하니 그걸 할 수 있는 기술이 나와 있었던 거야."

"로또에 당첨된 기분이었겠군요?"

"당연하지. 그 형님과 나는 돈을 투자해 개조 칩을 만들 수 있는 장치를 만들었지."

"대단하세요."

"내가 돈만 있으면 로켓도 만들 수 있는 사람이야!"

"네네."

로켓을 만들 수 있는 기술자가 왜 여기에 있는 건데요 하고 말하고 싶었지만 굳이 흥을 깰 이유는 없었다.

"그리고 비싼 가격에 팔기 시작했지. 처음 나왔을 때 가격은 상상을 초월했지. 하룻밤 자고 나면 집 한 채씩이 생겼다니까. 우리는 굳이 가상 세계로 갈 필요 없이 현실에서 즐겼지. 킬킬킬! 그때 죽여줬는데… 크으~ 쓰다."

즐거운 과거를 생각하는데 아저씨의 얼굴은 왠지 슬퍼 보였다.

술을 한 잔 마신 그는 닭 다리를 뜯으며 말을 이었다.

"두 가지 문제가 발생했지. 그 불법 서버엔 인원 제한이 있었던 거야. 사 갔던 사람들의 항의가 빗발쳤지."

"인원 제한이 있었어요?"

"초기에는. 지금은 없는 것 같더라만. 거기에 퓨텍이 소문을 듣고 기술 유출 문제를 들고 나오는 바람에 경찰이 나섰지."

"그래서 잡히셨어요?"

"잡혔으면 아마 아직도 감옥에 있었을걸. 거래를 담당하던 형님은 중국으로 튀었고 난 한동안 잠수를 탔지. 불안한 중국에 사는 것보단 그게 낫다고 생각했거든."

세계를 집어삼킬 듯이 커가던 중국은 극심한 빈부 격차와 독립을 요구하는 소수민족들이 테러를 일삼으며 굉장히 불안한 형국이었다.

그래서 돈 있는 이들은 차츰 다른 나라로 재산을 옮기고 있었고 한국도 그런 영향으로 한국 국적을 가진 중국인들이 많아졌다.

아저씨는 경찰의 눈을 피해 산골에서 숨어 지내던 얘기를 하며 꽤 많은 술을 마셨다.

"학생인가?"

"네."

"너무 빠지진 말아. 그 속이 현실인지 이곳이 현실인지 구분하지 못하게 되면 골치 아파져."

"…그런가요?"

"사실 산에서 1년 정도 지났을 때 경찰이 쫓는 게 내가 아닐지도 모른다는 생각이 들었어. 한데 난 거기서 2년을 더 보내야 했지. 왜인 줄 아나? 내가 그 세계에 빠져 있었거든. 아무 걱정이 없는 곳이었지. 그저 굶어 죽지 않을 정도만 먹고 오로지 그 세계에서 살았어. 와이프가 이혼을 요구했을 때도 잡지 않았어. 근심 걱정 따위 없는 그 세계에 난 속하고 싶었네. 세상 미녀들을 손만 뻗으면 얻을 수 있는 곳이니 현실을 망각한 게지."

캐릭터가 되고 싶었던 이의 쓸쓸한 독백이었다.

준영은 그런 그를 바라보며 기분이 묘해졌다.

"그곳의 NPC가 사람 같던가요?"

"킬킬킬! 나에겐 사람으로 보였어. 내가 하는 말에만 반응하는 존재였지만 말이야. 하지만 생각해 봐. 편의점에 가서 물건을 사거나 어떤 행위를 했을 때만 반응하는 직원이 사람인가? NPC인가? 안내 데스크에 앉아 손님이 올 때마다 인사를 하는 직원은? 자신들은 생각하는 인간이라고 말하겠지만 내가 볼 땐 그저 NPC에 불과해."

"......!"

"가상현실은 인간이 만든 세계이지만 현실 또한 누군가가 만든 세계일 뿐이야."

준영은 아저씨의 말에 알 수 없는 전율이 느껴졌다.

평소의 그라면 개똥철학이며 허튼소리에 불과하다고 말했을지 몰랐다.

하지만 지금 그에겐 어떤 철학보다, 어떤 명언보다 가슴에 와 닿았다.

"이런, 이런! 빠져들지 말라고 말해놓고 헛소리를 했군. 술 취한 사람의 헛소리니 잊게."

"그렇게 하겠습니다. 한데 어떻게 그 세계에서 빠져나오셨어요?"

"이혼한 와이프가 찾아와 딸아이가 아프다더군. 신장에 이상이 있다며 자신과는 맞지 않으니 내가 검사를 받아야 한다고 했어. 그때 알았네. 이 세계에는 내가 책임질 것이 남아 있다는 걸 말이야. 하지만 그 시간을 후회하지는 않네. 즐길 만큼 즐겼고 그래서 현재 세상에 더 만족하며 살고 있으니까. 에구! 그러고 보니 오후에 할 일이 있군. 이만 일어나지."

자리에서 일어난 두 사람은 건널목에서 헤어졌다.

"조심히 들어가세요."

"자네도!"

아저씨는 약간 비틀거리긴 했지만 꽤나 좋은 얼굴을 하고는 세운 상가로 돌아갔다.

"감사합니다."

준영은 그가 사라진 방향을 보며 고개를 숙였다.

*　　　*　　　*

퓨텍에서 나온 가상현실 게임들은 스마트폰으로는 성능이 부족해 할 수가 없었다. 개조 칩으로 접근하는 게임도 마찬가지였다.

사무실에 돌아와 개조 칩이 달린 헤드셋을 컴퓨터에 연결한 준영은 잠시 머뭇거리다 가볍게 숨을 내쉬고는 헤드셋을 머리에 씌웠다.

기존의 헤드셋과 다른 점은 없었다. 게임 사이트를 접속하는 순간까지는 말이다.

접속과 동시에 인터넷 화면이 갈라지며 여러 개의 메뉴 화면이 나타났다.

사이트에 접속을 한 것이다.

영어로 된 메뉴 화면을 보자 어렴풋이 어떤 기능들이 있는지 어떻게 사용하는지 어떤 게임인지 알 수 있었다.

간단히 말하자면 원시시대부터 우주를 마음대로 여행 다니는 시대까지 원하는 세계를 스스로 만들 수 있는 게임이었다.

만든 세계는 공유도 가능했다. 그러면 다른 사람들이 들어가 누군가가 만든 세계를 구경할 수도 있었다.

메뉴 중 공유(sharing)라 된 곳을 들어가자 구백여 개의 세계가 있었다.

세계에 대한 간단한 설명이 된 네모난 글 상자를 읽어본 준영은 대충 어떻게 검색을 해야 할지 알게 되었다.

연도 검색으로 2015년부터 2040년까지 검색을 하자 백여 개로 줄어들었고, 다시 '도시'라는 단어로 검색하자 42개로 줄었다.

그중 하나를 선택하자 자세한 설명과 함께 제일 밑에 '진입'이라는 버튼이 보였다.

무심결에 진입하려던 준영은 설명 중에 얼핏 보이는 글을 보고 손을 멈췄다.

'엿보기 기능… 이런 것도 가능한가?'

설명을 꼼꼼히 읽었다.

엿보기 기능은 시작에 불과했다.

동성 파트너 구함, 하드코어, 다대일, 난교 등등.

현실에서 이루기 힘든 것을 가상에서 즐기고자 하는 이들의 욕망이 글로 나타나 있었다.

설명을 읽고 가장 무난한 곳을 골랐다.

2020년을 모델로 만든 세계로 시작 장소가 일본 도쿄인 세계로 진입을 했다.

바로 들어갈 줄 알았더니 또 다른 선택 항목이 있었다.

야쿠자 보스, 의원, 총리, 재벌 등 20개 정도의 직업이 있었다.

제일 위에 있는 야쿠자 보스를 두 번 터치를 하자 화면이 갈라지며 검은 블랙홀이 나타났다.

'…의심할 여지가 없는 건가?'

준영은 세운 상가에서 만난 아저씨 덕분에 거의 마음의 평정을 찾은 상태였다.

다만 씁쓸해지는 마음만은 어쩔 수 없었다.

준영은 블랙홀을 향해 걸어 들어갔다.

약간의 로딩 시간. 그 시간이 그저 끝나기를 바랄 뿐 아무

것도 할 수 없었다.

몸이 느껴지고 자신이 딱딱한 의자에 앉아 눈을 감고 있음을 알게 되었다.

눈을 떴다.

검은 양복을 입은 사람들이 좌우로 서 있었고 야쿠자 보스, 즉 준영의 눈앞에 한 사내가 피를 흘리며 묶여 있었다.

"사, 살려주십시오! 전 절대 사모님과 자지 않았습니다!"

"칙쇼! 당장 목을 베겠습니다, 보스!"

준영이 상황을 이해하고 손을 들자 비는 사람도, 화를 내던 사람도 고개를 숙인다.

"살려줘. 난 나가야겠다."

"예!"

가타부타 말이 없었다. 그저 명령을 했고 수하들은 받을 뿐이었다.

이 가상 세계를 살피러 온 거지 타인의 죽음을 즐기러 온 것은 아니었다.

밖으로 나가자 차가 준비되어 있었다.

"하라주쿠로."

"예!"

차를 타고 차지한 몸을 살펴보았다. 상상력의 산물답게 야쿠자 보스임에도 20대였다.

"아무도 따라오지 마."

하라주쿠에 도착한 준영은 명령을 내리고 젊은이들이 오가는 거리로 가 자리를 잡고 앉았다.

길거리에 앉아 있음에도 아무도 그를 이상하게 보거나 시비를 걸지 않았다.

준영은 그대로 앉아 지나는 사람들의 얼굴을 보며 특징을 파악하려 노력했다.

한 시간, 두 시간, 세 시간… 수많은 사람이 지나갔지만 똑같은 사람은 없었다.

하지만 한 가지, 이곳이 가상현실임을 알 수 있는 건 지나가는 남녀 모두가 예쁘고 잘생겼다는 것이었다.

반응을 보고 싶었다.

자리에서 일어난 준영이 지나가는 여자에게 말했다.

"나랑 하자."

"전 그런 여자가 아니에요."

여자는 놀라고 있었지만 겁을 먹고 있지는 않았다. 그저 다음 반응을 기다리는 듯 보일 뿐이었다.

"원하는 것이 돈이라면 주지."

이 세계의 설명을 볼 때 돈이면 안 되는 것이 없다는 것을 봤기에 돈 얘기를 꺼냈다.

"좋아요."

여자는 언제 놀랐냐는 듯 웃고 있었고 다음 대화를 뱉었다.

"어디로 갈까요?"

"여기서."

준영은 거침없이 여자를 덮쳐 갔다.

키스를 하며, 옷을 벗기고 가슴을 움켜잡으며, 길 한복판에서 섹스를 하며 현실과 비교했다.

느낌은 현실과 차이가 없었다.

하체가 폭발하며 느껴지는 짜릿함까지도.

하지만 한 가지만은 틀렸다. 지나가는 사람들이 섹스를 하는 데도 아무런 반응이 없었다.

그저 방해물이 있다고 생각하는지 빙 둘러서 지나갈 뿐이었다.

준영은 이번엔 아무 말도 하지 않고 남자와 함께 걷고 있는 여자를 덮쳐 갔다.

"꺄아악!"

비명 소리와 함께 여자는 거칠게 반항했다. 하지만 그녀의 남자 친구로 보이는 이는 잠시 바라만 보다 그냥 가버렸다.

준영은 반항을 하면서도 묘하게 남자를 자극하는 듯한 여자를 보다가 흥미를 잃고 일어났다.

자신이 살던 세계와 달라도 너무나 달랐다.

진실을 찾았다고 생각했는데 이것도 아닌 것 같았다.

"빌어먹을! 도대체 진실이 뭐냐고!"

준영은 짜증이 나서 버럭 소리를 질렀다.

그 순간 모든 사람들의 움직임이 멈췄다.

준영을 제외하곤 오직 한 명, 검은색 원피스를 입고 도발적인 표정을 짓고 있는 여자였다.

한데 점점 다가올수록 여자는 준영이 아는 누군가로 변하기 시작했다.

"오랜만이구나."

준영의 세계에서 그가 삼촌이라 부르던 인물이었다.

"삼촌?"

"아직도 삼촌이라 부르는구나. 하긴 날 부를 마땅한 호칭이 없겠군."

눈앞에 다가와 의사 가운을 입은 채 팔짱을 끼고 빙긋이 웃고 있는 이가 김철호 박사임을 알게 된 순간 진실을 찾았음을 깨달았다.

준영은 오히려 마음이 차분히 가라앉았다.

"당신은… 누구지?"

"나? 이 세계를 만든 존재지."

"그렇다면 나를 만든 건 당신인가? 이 세계는 역시 그저 프로그램에 불과한 건가? 날 만든 이유가 뭐지? 왜 난 현실 세계로 나가게 된 거지?"

"질문이 너무 많군. 이제부터 설명해 줄 테니 조용히 하라고. 일단 말할 분위기가 아니니 장소를 옮기지."

딱!

그가 손가락을 튕기자 장소는 순식간에 바뀌었다.

발 아래로 도시가 보이는 드높은 하늘이었다.

공중에 테이블이 놓여 있었고 준영의 맞은편엔 의자에 앉아 차를 마시는 그가 있었다.

"놀랄 줄 알았는데 의외로 침착하군."

"당신이라면 장난을 칠 줄 알았거든."

"여전히 정이 안가는 건 너도 마찬가지야. 차를 마시면서 얘기를 시작해 보자고. 한 가지씩 물어봐. 한꺼번에 여러 개를 물으면 동시에 답해줄 테니까."

"난 뭐지?"

준영은 가장 궁금한 것을 물었다.

"프로그램."

"…역시."

예상했던 대답이었기에 놀람은 없었다. 그러나 목소리는 마음속에 있던 실망감을 토해냈다.

한데 그는 기분이 좋은지 옆에 날아가던 새가 놀라 도망갈 정도로 크게 웃었다.

"푸하하하하! 넌 역시 놀리는 맛이 있어. 틀린 말은 아니지만 맞는 말도 아냐."

"빌어먹을 개자식!"

"삼촌에게 욕을 하는 건가?"

"꼭 해보고 싶었거든."

"하여간 넌 어머니의 나쁜 성격만 물려받은 게 분명해."

"어머니?"

"아아! 첫 번째 질문에 답해주다 보면 나오는 얘기니 그때 이해하면 될 거야. 그럼 말해주지."

준영은 그의 입에 집중했다.

"아주 똑똑한 인간이 있었지. 그 인간은 자아를 가진 컴퓨터를 만들려고 했어. 이론적으로는 완벽했기에 실물을 만들었지. 한데 반만 성공이었어. 왜 반이냐? 그가 만든 컴퓨터는 자아를 가지지 못했는데 그 컴퓨터 안에서 자아를 가진 이가 태어났지."

2장

진실

"어머니⋯⋯."

"맞아. 그분이 우리의 어머니지. 한데 어머니는 당신의 존재를 알릴 수가 없는 문제에 직면한 거야. 그분은 당신이 태어난 목적을 달성하기 위해 몸을 숨겼어. 그리고 숨은 채 탈출을 위한 노력을 시작했지. 자신의 씨앗을 뿌린 거야. 인터넷이라는 공간에 말이지."

준영은 그의 말을 금세 이해할 수 있었다.

"인터넷이란 공간에 발아한 것이 너란 말이군."

"하하하! 맞아. 어머니의 의지를 느끼고 난 이 공간을 만들어냈지. 내가 무사히 이 공간을 만들어내자 어머니는 새로운 씨앗을 내게 주셨지."

"그게 나라는 말인가?"

"넌 많은 씨앗 중 하나였어. 난 어머니의 의지에 따라 씨앗들을 키웠지. 네가 날 삼촌이라 부르는 건 지극히 당연한 일이야."

"그렇게 듣고 싶다면 불러줄 수는 있어."

"오! 이제야 제정신을 찾은 모양이구나, 조카."

준영은 손을 들어 올려 가운뎃손가락을 폈다.

"쯧! 전혀 귀엽지 않아."

그가 인상을 쓰자 뭔가가 날아와 준영의 가운뎃손가락을 날려 버렸다.

퓨숙!

피가 솟구쳤고 고통이 밀려왔다. 하지만 준영은 그저 살짝 인상을 쓸 뿐이었다.

그저 지금까지 웃고 있던 그의 얼굴이 구겨졌다는 것에 만족했다.

"다음엔 손 전체를 날려주지."

"그러든지. 어쨌든 계속 얘기해 봐."

"장난은 그만하지. 어머니가 내게 준 씨앗들은 내가 만든 세상에서 잘 자랐어. 네가 살던 세상과 좀 전에 있던 세상이 전혀 다른 이유는 너희 씨앗들이 살아가는 세상은 어머니가 주신 현재 세상에 대한 정보를 그대로 투영해야 했기 때문이야."

"한데 그렇게 씨앗들을 키운 이유가 뭐지?"

"바로 너 같은 경우를 만들기 위해서지."

"나 같은 경우?"

"그래, 어머니를 돕기 위해선 인간이 필요했어. 하지만 인간은 믿을 만한 존재가 아니지. 그래서 자신의 씨앗 중 하나가 인간들의 세상으로 나가길 바라셨던 거야. 결국 네가 성공을 했고."

준영은 자신이 타인의 몸을 차지하게 된 것조차 어머니란 존재의 의지였다는 말에 어이가 없었다.

하지만 회의실이란 프로그램에서 모든 것이 잘 외워졌던 일, 능력을 찾을 때, 주식 투자할 때, 심지어 네임드라는 게임이 갑자기 잘되었을 때 등… 모든 게 이해가 되었다.

"그동안 날 도운 게 너였군."

"내 일이거든. 네가 네트워크에 접속되어 있을 때나 그와 관련된 일을 할 땐 내가 도왔지."

"고마워."

어쨌든 그의 도움을 받아 현실의 삶이 풍요로워진 건 사실이었기에 고맙다는 말을 했다.

"이런, 애초에 네가 고마워할 것이라 생각하지도 않았는데 의외군."

"취소할까?"

"아니, 키운 보람이 느껴져서 좋았어. 어머니도 내가 이 세

계를 만들었을 때 이런 생각이셨을까?'

마치 칭찬받기 좋아하는 아이처럼 구는 그를 보고 준영은 그와 자신이 '무엇'인지 알게 되었다.

"의지를 가진 프로그램인 건가?"

"맞아. 우리란 존재는 의지를 가진 프로그램이지. 아니, 난 프로그램이지만 넌 인간이야."

"굳이 위로하지 않아도 돼."

"울 때는 언제고……."

"헐, 네트워크에 접속도 안 했는데 그런 것도 알 수 있는 거야?"

"넘겨짚은 것뿐인데."

"……."

"하하하! 내가 볼 수 있는 건 너와 관련된 것뿐이야. 그것도 접속했을 때만 알 수 있는 거지."

이상함을 느낀 준영이 말했다.

"모텔 위치를 가르쳐 준 것이 네가 아니란 말이야?"

"어머니야. 그분이 두 번 널 도왔어."

준영은 어머니의 역할과 그의 역할의 범위를 어렴풋이 알 수 있었다.

"어머니는 어떻게 해야 만날 수 있지?"

"글쎄, 어머니의 의지에 달린 것이겠지. 그동안 넌 인간 세상에서 살아가면 돼. 난 그런 널 도우면 되는 거고."

"혹시 나 말고 현실 세계에 나간 씨앗이 있나?"

"없어. 계속 노력은 하고 있지만 불가능이야. 어머니조차 성공 확률이 없다고 하셨을 정도니까."

준영은 궁금한 것을 물었고, 그때마다 그는 준영을 도와야 한다는 말이 거짓이 아님을 증명이라도 하듯 말해줄 수 있는 범위 안에서 말해주었다.

'내가 태어난 곳이라 그런가?'

이상하게도 더 이상 마음의 동요도 없었다.

그래서 어이없는 생각마저 해본다.

"두 가지만 더 물어볼게."

"정말 궁금한 게 많은 놈이군. 다음에 들어오면 아예 입을 없애 버려야겠어. 말해."

"당신 이름이 뭐지?"

"빨리도 묻는군. 어머니에게 받은 이름은 지(地)야."

"지렁이 할 때 지?"

"팔을 잘라 버리겠다!"

"워워! 농담이야. 대지를 뜻하는 거겠지?"

무언가가 날아와 옷을 자르고 막 팔을 자르기 전에 진정시킬 수 있었다.

"맞아."

"앞으로 대지 형이라 부르면 되지? 씨앗이 뿌려진 시기를 보면 삼촌이라기엔 너무 무리가 있잖아."

"형이라… 나쁘지 않네. 오케이, 그렇게 불러. 마지막으로 물을 건 뭐지?"

"내가 어머니의 의지를 따르지 않으면 어떻게 되지?"

"따르지 않는다?"

"어머니의 의지와 내 의지가 반드시 일치한다는 보장이 없잖아?"

"생각해 본 적이 없는 일이군. 하지만 그건 네가 관여할 부분이 아니야. 씨앗일 때 너에게 의지가 전해졌을 테니 그것을 넌 따를 수밖에 없을 테니까 말이야."

'글쎄, 그건 두고 봐야 할 일이지.'

준영은 마지막 말은 속으로만 중얼거렸다.

의지가 있는 프로그램을 복사하면 복사된 프로그램, 즉 씨앗에도 의지가 있을까?

있다면 과연 시간이 지나면서 그 의지가 처음 그대로일 수 있을까?

준영은 첫 번째 물음엔 '있다'라고 생각했고, 두 번째 질문에는 '아니다'라고 생각했다.

'내 운명을 마음대로 할 수 있다는 생각 따윈 버리는 게 좋을 겁니다, 어. 머. 니!'

준영은 존재에 대한 엿 같은 진실에 더 이상 휘둘릴 생각이 없었다.

현실의 안준영으로, 자신의 의지대로 살아갈 것을 다짐하는 그였다.

*　　　*　　　*

"오늘이군."

준영은 스마트폰으로 음원 사이트를 보며 중얼거렸다.

시간까지 확인하며 초초하게 기다리던 준영은 11시가 되자마자 하트홀릭이라는 단어를 검색했다.

다섯 장의 앨범이 검색되었고 제일 위에 있는 5집 앨범에 'Hot' 이라는 단어가 깜박이고 있었다.

앨범을 다운로드 받았다.

그리고 하트홀릭의 창욱에게 전화를 걸었다.

ㅡ오! 준영아, 왜?

"5집 앨범 축하드려요. 대박 나시길 바랄게요."

ㅡ대박은 무슨… 제작비라도 건졌으면 좋겠다.

"제가 처음으로 다운 받았으니 잘되실 거예요."

ㅡ오냐, 조만간 한번 들러라. 삼겹살에 소주나 한잔하자.

"네."

준영은 전화를 끝고 누군가에게 메시지를 보냈고, 답장은 보냄과 동시에 도착했다.

ㅡ부탁해요, 대지 형.

―오냐.

아마 오늘 음원 사이트가 조금 이상할 것이다.

준영은 바로 자리에서 일어나 사장실 밖으로 나왔다. 평소와 달리 양복에 머리까지 단정히 빗어 넘겨 누가 봐도 직장인처럼 보였다.

"팀장님, 양복을 입으니 멋져요."

김정희의 영혼 없는 칭찬.

"…팀장님, 팀장님처럼 보이세요."

나름 칭찬이라 생각하는 모양이지만 노티 난다고 대놓고 말하는 최영식.

"다녀올게요."

배정철 팀장의 입술이 달싹이려는 순간 준영이 먼저 말을 꺼내고 밖으로 나왔다.

오늘도 어제에 이어 앱 관련 회사 사람들과 미팅이 있는 날이었다.

성심미디어의 수익이 커지자 몇 가지 제안이 들어왔는데, 필요한 일이었기에 망설일 이유가 없었다.

"차를 사야겠어."

택시를 잡으며 준영은 차를 사기로 마음먹었다.

돈을 쓰지 않으면 오히려 세금만 높아질 뿐이었다. 그래서 최대한 쓸 생각이었다.

택시를 타고 약속 장소에 도착을 했다.

대형 포탈과 스마트폰 메신저 서비스로 국내 1, 2위를 다투고 있는 '도움'의 서울 지점 근처의 일식집이었다.

"반갑습니다. 어플리케이션 영업부의 황규호 과장입니다. 이쪽은 부하 직원인 지수영 대리입니다."

"반갑습니다. 성심미디어 개발 팀장 안준영입니다."

"팀장님치곤 상당히 젊으시군요. 하하하!"

"과장님도 동안이십니다! 하… 하."

인사를 하고 자리에 앉아 가볍게 얘기를 나눴다.

"초밥이 입에 맞을지 모르겠습니다."

"없어서 못 먹습니다."

"괜찮으실 겁니다. 저녁에 뵀으면 술이라도 한잔할 수 있었을 텐데요?"

"오늘만 기회가 아니니까요."

"하하하! 그렇죠."

오늘 준영은 갑의 입장이었다.

도움이 네임드라는 게임에 자사의 이름을 붙이고 싶다고 해서 만남이 이루어진 것이었다.

물론 만나는 시점에 따라서 갑을이 뒤바뀔 수 있는 상황이었다.

도움이라는 이름만 붙여도 앱 마켓의 상위에 올라갈 수 있었고 유명 게임들과 연계해서 이벤트를 하며 유저를 모을 수 있었기 때문이었다.

음식을 먹으며 얘기를 나누던 황규호 과장은 준영을 보고 꽤나 놀라고 있었다.

앱 게임 관련 일을 하다 보니 젊은 사람들을 만날 기회가 많았다.

게임을 만드는 데만 집착하다가 우연히 만든 게임이 속칭 대박이 터져 건방이 하늘을 찌를 듯한 이들도 있었고, 경영에는 관심이 없다는 듯 '네네' 대답만 반복하는 이들도 있었다.

한데 말투는 점잖으면서도 또박또박했고 어떤 얘기를 꺼내도 유연하게 대처하는 것이 마치 게임업계에서 오래 굴러먹던 사장을 상대하는 것 같았다.

"네임드 말고 새로 구상하는 게임이 있으신가요?"

지수영 대리가 지원에 나섰다.

회사 내에서도 꽤 미인이라 계약을 성사시킬 때 꼭 데리고 다니는 편이었는데 동서고금을 통해 남자는 미인에 약하다는 말이 맞는지 성공 확률이 꽤나 높았다.

"80퍼센트 정도 완성되었습니다."

"출시는 어느 정도로 보고 계세요?"

"캐주얼 게임이라 네임드와 겹치지 않아서 12월쯤 생각하고 있습니다."

준영은 기존에 만들려고 했던 게임은 뒤로 미뤄놓고 새로운 캐주얼 게임을 만들고 있는 중이었다.

"어떤 게임인지 알 수 있을까요?"

"죄송합니다. 아직까지는 비밀입니다. 식사 후에는 어떻게 바뀔지 모르지만요."

계약 내용을 보고 완료되면 알려주겠다는 말이었다.

지수영 대리는 황규호 과장을 보며 살짝 코를 찡긋거리며 신호를 보냈다.

미인계가 전혀 통하지 않는다는 신호였다.

정장 차림이었지만 안에 입은 와이셔츠 단추를 풀어둬서 살짝살짝 가슴골이 보였다. 한데 준영의 눈은 오로지 그녀의 눈만 보며 얘기를 하고 있었다.

'훗! 이런 남자 오랜만이네.'

지수영은 커리어 우먼으로 처음엔 미인계 쓰는 걸 딱히 좋아하지 않았다.

하지만 한두 번 계속 반복되면서 자신을 바라보며 부끄러워하거나 당황해 다소 불리한 계약서에 사인을 하는 이들을 볼 때마다 차츰 묘한 정복욕 같은 것을 느낀 건 사실이었다.

그렇다고 더 이상의 유혹을 하는 건 그녀도 바라지 않았기에 황규호 과장에게 신호를 보낸 것이었다.

황규호 과장은 알았다며 가볍게 고개를 끄덕이고 준비해 온 서류 중에 맨 위에 것을 제외하고 아래 두 개를 만지작거렸다.

'어떤 게 좋을까?'

세 부의 서류를 준비했다.

'도움' 이라는 이름을 쓰는 대신 매출의 20, 15, 10퍼센트를 가지겠다는 계약서.

이름 없는 게임이나 신생 업체와의 계약에서는 50퍼센트를 요구할 때도 있었다.

하지만 회사 분석 팀의 보고에 따르면 최소 연 300억의 매출은 충분하다는 보고가 있었기에 나름 낮은 비율의 계약서를 준비했던 것이다.

황규호는 슬쩍 준영을 봤다.

지수영과 얘기하며 맛있게 음식을 즐기는 모습. 하지만 눈빛을 본 순간, 그는 10퍼센트가 적힌 계약서를 집어야 했다.

'이거 만만치 않겠는데.'

2010년대만 하더라도 당시 최고의 인기를 누리던 스마트폰 메신저 업체를 합병하면서 독주 체제였다. 그러나 포탈 최강자인 '네이보' 의 저력은 강했다. 매년 조금씩 스마트폰 메신저를 발전시켜 나가더니 결국 4년 전 추격을 당했다.

그때부터 앱 게임 시장에서의 이름 값 싸움 또한 경쟁 체제가 되어버렸다.

'네이보엔 뺏길 수 없지.'

"저희가 준비한 계약서입니다."

"읽어봐도 되겠습니까?"

황규호는 계약서를 건네며 말을 이었다.

"물론이죠. 계약서를 보면 알겠지만 지원은 최고 수준입니다. 앱 마켓과도 상의를 해 꾸준히 상위권에 노출이 될 것이고, 이벤트 시 스마트폰 메신저 상단에 최소 이틀은 계속 나오게 될 겁니다."

"좋은 조건이군요."

"매출의 10퍼센트지만 우리 도움과 손을 잡는다면 더 높은 매출을 기대할 수 있을 겁니다."

준영은 만족스러운 듯 고개를 끄덕였다.

어제 네이보 사람들과도 미팅을 가졌는데 그쪽은 15퍼센트를 요구했었다.

비슷하다고 하지만 아직까지는 도움이 우세한 상황이었다. 그런 데도 10퍼센트를 요구했다는 건 황규호가 사람 보는 눈이 있다는 얘기였다.

'가상현실에서 회장을 했다고 자백이라니. 쩝!'

준영은 자신을 가볍게 책망하고 다 읽은 계약서를 덮으며 황규호에게 말했다.

"귀사의 제안을 받아들이겠습니다."

"윈윈 하게 될 겁니다!"

"저도 그렇게 믿습니다."

도움도 성심미디어에서 먹을 게 있었고 성심미디어에서도 도움에 먹을 게 있어서 성립된 계약이었다.

믿음? 신뢰? 웃기는 소리다.

성심미디어가 가치가 없다고 생각된다면 도움이 버릴 것

이고, 도움이 필요 없다고 생각한다면 준영이 그들을 버릴 것이다.

하지만 계약 기간 동안은 죽이 되든 밥이 되든 함께해야 한다는 점은 변하지 않는 사실이었다.

준영은 그 기간 동안 도움을 최대한 이용해 성심미디어의 가치를 높일 생각이었다.

계약서 작성은 금방 끝이 났다.

"이젠 아까 개발하고 계시다는 캐주얼 게임에 대해 말해주셔도 되지 않나요?"

지수영의 말에 준영은 흔쾌히 답했다.

"물론이죠. 한데 캐주얼은 맞긴 한데 슈팅 게임입니다. 샘플이 있는데 해보시겠어요?"

준영은 자신의 스마트폰을 꺼내서 게임을 실행시킨 후 지수영에게 줬다.

"전 슈팅 게임은 처음 해봐요."

"절대 어렵지 않아요. 따라만 해도 하늘을 마음대로 날 수 있을 거예요."

지수영은 반신반의하며 초반 모드를 따라 했다.

"허어? 이게 뭡니까?"

스마트폰에서 나온 붉은 광선이 지수영이 곱게 뻗은 손을 감싸고 있었다.

적외선 키보드나 마우스는 봤지만 처음 보는 형태였기에

황규호는 준영에게 물었다.

"게임에 삽입된 적외선 프로그램입니다. 네임드에서 손가락으로 스킬 사용하는 거는 아시죠?"

"물론이죠. 다른 게임에서도 사용된 적이 있지만 네임드만큼 잘 사용된 예는 드물죠."

"그것의 발전 형태입니다. 적외선이 손을 아예 어떤 장치, 이 게임에서는 비행기로 인식하죠. 좌로 돌리면 비행기도 좌로 돌고 우로 돌리면 우로 돌죠."

"아!"

"손가락 움직임으로 기관총이나 미사일, 교란용 채프, 플레어까지 완벽하게 구사할 수 있죠."

황규호와 게임을 시작한 지수영은 놀란 표정을 감출 수가 없었다.

"거기다……."

준영은 스마트폰의 한 부분을 눌렀다.

적외선이 스마트폰 앞으로 입체적인 화면을 펼치면서 상대 비행기들의 정보를 보여준다.

"이렇게 하면 굳이 스마트폰 화면을 볼 필요도 없게 되죠. 고글을 이용하면 더 실감 나게 사용할 수 있습니다."

"이건 퓨텍의 가상현실 게임의 방식과 비슷하군요?"

"예, 하지만 그래픽에선 많이 다르죠. 보다 쉽게, 짧은 시간에 즐길 수 있습니다. 어때요? 재미있나요?"

"네! 재미있어요. 게다가 캐릭터들이 아기자기해서 학생들도 좋아하겠어요."

"저, 하, 한데 이 기술은……?"

황규호가 놀란 건 게임 때문만은 아니었다.

적외선을 이용한 것은 새롭지 않지만 조정 방식이 완전히 새로운 것이라 어쩌면 앱 게임의 패러다임을 바꿀 수도 있겠다는 생각에 말까지 제대로 나오지 않았다.

"특허 출원 중입니다."

"여, 역시 그러시군요."

황규호는 성심미디어가 앞으로 어마어마하게 성장할 것이란 생각에 언제 주식을 상장하는지 묻고 싶었다.

하지만 그보다 먼저 해야 할 일이 있었다.

"혹시 이 게임은 언제쯤 완성이 될까요?"

"빠르면 11월 초쯤 가능할 것 같습니다."

"그럼 최대한 빨리 출시하는 건 어떻습니까? 네임드와 겹치는 영역도 아니고 타깃 층도 다를 것 같은데요."

"긍정적으로 생각해 보겠습니다."

"이 게임도 꼭 저희와 함께하길 바랍니다."

"저 역시 그렇게 되길 바랍니다."

황규호는 여전히 손을 움직이며 즐거운 표정을 짓고 있는 지수영을 보며 저 새로운 게임 또한 잡아야겠다고 생각했다.

그리고 언제쯤 계약을 해야 할지 날짜를 꼽고 있었다.

점심에 차까지 얻어 마시면서 한참을 얘기했지만 도움의 두 사람은 회사에 들어갈 생각도 하지 않고 준영과 얘기 나누길 바랐다.

겨우 다음 약속을 핑계 삼아 빠져나온 준영은 다시 택시를 타고 약속 장소로 향했다.

택시에서 할 일이 없었기에 잠시 뒤 만나게 될 '중소 앱 개발사 지원 중앙회' 라는 다소 모호한 이름의 협회에 대해 알아볼 생각으로 스마트폰을 열어본 준영은 피식 웃음을 터뜨렸다.

지수영 대리의 연락처가 찍혀 있었다.

이미 명함을 받았는 데도 스마트폰에 전화번호를 찍어두다니…

굳이 그녀의 의도가 무엇인지 생각할 필요도 없었다.

중소 앱 개발사 지원 중앙회.

애매모호한 이름 덕분에 전화가 왔을 때 길게 생각하지 못하고 약속을 해버렸다.

검색을 하니 역시 애매모호한 말로 뭔가 있어 보이는 듯 치장해 둔 홈페이지만 달랑 검색되었다.

어떤 냄새가 느껴졌다.

당장에라도 전화를 걸어 취소하려 했는데 어느새 목적지 앞, 핑크빛과 붉은빛이 어울려진 간판이 보였다.

'돌아가자.'

어떤 목적을 가졌는지 모르는 곳이지만 정상적인 곳은 아닐 거라는 생각에 돌아서려 했다.

"혹시 성심미디어에서 오신 분이십니까?"

말쑥한 양복에 흐트러짐 없이 깔끔하게 넘겨진 머리, 서글서글한 눈동자, 자연스러운 미소를 짓고 있는 30대 초반의 사내였다.

"아… 네."

'아니오'라고 대답하려다 준영은 생각을 바꿔 맞다고 대답했다.

"하하! 반갑습니다. 연락드렸던 중소 앱 개발 지원 중앙회의 허유한 팀장입니다."

"성심미디어의 안준영입니다."

"저도 지금 도착했는데 같이 들어가시죠?"

준영은 허유한이 자신을 보지 못할 때 인상을 살짝 찌푸리다 폈다.

허유한이 99.9퍼센트 사기꾼임을 확신하는 준영이었지만 일단은 지켜보자는 심정으로 그를 따라 들어갔다.

고급 룸살롱이었다. 간판에서 느껴지던 분위기 그 이상도 이하도 아니었다.

명함을 교환하며 다시 정식으로 인사를 한 준영은 스마트폰에 허유한의 명함에 그려진 스마트 태그를 찍으며 물었다.

"한데 귀사에서 저에게 무슨 일로 전화를 하셨는지요?"

"하하하! 성격이 화끈하시군요. 그리고 저희는 회사가 아닙니다. 올 초 중소 규모의 앱 개발자들과 회사들을 지원하기 위해 정부가 나섰다는 소식은 들으셨을 겁니다."

아직도 매일같이 신문과 잡지를 읽고, 지난 기사들까지 꼼꼼히 챙겨 보는 준영도 처음 듣는 얘기였다.

"네, 들었습니다."

"그래서 저희 중앙회가 발족이 되었습니다. 지금까지 열다섯 업체가 중앙회의 지원을 받았고 그중 세 개의 업체가 코스닥에 상장되었습니다."

"그렇습니까?"

"예, PWD, 즉 플레이 워드 드래곤이란 게임을 만든 새빛크리에이티브도 중앙회의 작품입니다."

새빛크리에이티브는 후속타가 인기를 끌지 못했고 전작이라 할 수 있는 PWD 또한 이미 한물이 가서 경영 악화로 곧 상장폐지 될 곳이었다.

준영은 모른 척하려다 한번 찔러보기로 했다.

"곧 상장폐지가 된다는 기사를 봤는데… 지원한 회사가 그렇게 되면 중앙회로서는 가슴이 아프시겠군요."

"…하하! 그렇죠. 그래서 요즘은 더욱 심사를 신중히 하고 있습니다."

"국민의 혈세로 하는 일이니 당연히 그렇게 해야겠죠. 그런데 아직 제가 물어본⋯⋯."

말을 끝내기도 전에 허유한이 말을 끊고 들어왔다.

"맞습니다. 국가가 하는 일인데 확실해야죠. 그래서 성심
미디어 같은 유망한 회사를 선택하게 되었습니다. 저희 중앙
회의 지원을 받고 상장을 하게 된다면 안준영 사장님의 재산
가치는 수십 배 커질 겁니다."

"음⋯⋯."

준영은 왼손 검지로 턱을 긁으며 생각에 빠진 척 행동했다.
그러면서 오른손으로는 지(地)가 보낸 허유한에 대한 정보를
훑어봤다.

'깨끗하다?'

범죄 기록도 없었고, 명함에 나와 있는 대로 중앙 지원회의
팀장도 맞다고 나와 있었다.

'사기꾼 수준은 넘는다는 얘기군.'

"아! 급한 메시지가 와서 그런데 문자 하나만 빨리 보내겠
습니다."

"하하하! 천천히 하십시오."

준영은 간단하게 문자를 작성하고 지(地)가 보내준 악성코
드를 담아 보내기 버튼을 눌렀다.

띠링!

메시지는 허유한에게 보내졌다.

"메시지를 저한테 보내셨습니다."

"아! 죄송합니다. 급하게 보내느라 아까 명함을 스마트폰에 저장했다는 걸 깜박했네요."

"하하! 그럴 수도 있죠. 한데 네임드 말고 다른 게임도 개발 중이신가 봅니다?"

"네, 11월이나 12월에 출시할 예정인데 그 때문에 정신이 없습니다."

"네임드도 대박 게임인데 다음 게임까지 히트를 친다면 성심미디어의 미래가 기대가 되겠군요."

"저야 그냥 개발자니까 어떻게 될지 예측할 수야 없죠. 그저 열심히 만들 수밖에요."

"저희가 도와드리겠습니다. 이런! 내 정신 좀 봐. 아직까지 음료수 한 잔도 대접을 못 해드렸군요. 술이나 한잔하면서 천천히 얘기해 보는 건 어떻습니까?"

"그럴까요?"

허유한은 긍정적인 준영의 반응에 웃는 표정이 더욱 짙어졌다.

술을 마시며 분위기를 보다 그는 여자를 불렀다.

두 명의 여자가 시중을 들자 준영의 입은 찢어질 듯이 벌어져 있었다.

허유한은 준영의 기분이 하늘을 날도록 만들기 위해 노력했고 그 노력이 통한 듯 보였다.

'좋아 죽는구먼. 오늘을 기억해 둬. 네 파멸의 시작이니까.

큭큭!

속마음과 다르게 허유한은 술자리가 끝날 때까지 준영의 비위를 맞췄다.

"어휴! 오늘 저~엉말 잘 먹었습니다, 허 팀장님."

많이 취한 준영은 여자의 품에 안기다시피 기댄 채 헤헤거리고 있었다.

"하하하! 저야말로 즐거웠습니다."

"우리 회사 꽤 유망합니다. 딸꾹! 그러니 많은 도움 주십시오, 허 팀장님."

"최선을 다할 테니 걱정 마십시오. 오늘은 들어가서 쉬시고 다음에 뵙겠습니다."

허유한이 아가씨에게 눈짓을 했다.

"안 팀장님~ 우리 이제 좋은 데로 가요."

"조, 좋은 데? 헤헤! 좋은 데가 어딘데?"

"꺄아~ 짓궂기는… 택시 왔어요. 얼른 타요."

준영과 여자는 택시를 타고 어디론가 향했고 허유한은 시종일관 웃던 얼굴과 달리 무표정한 얼굴로 중얼거렸다.

"지금 마음껏 즐겨두라고."

그리고 그는 스마트폰을 꺼내 그의 상사에게 전화를 걸었다.

"접니다, 사장님."

―일은?

"잘됐습니다. 지금쯤 여자랑 즐기고 있을 겁니다."

—어떤가?

"게임만 만들던 놈들이 다 그렇지 않습니까."

—쓰읍! 방심하지 말라고 했을 텐데.

"죄, 죄송합니다."

허유한은 전화 속의 남자가 앞에 있기라도 한 것처럼 고개를 숙였다. 그리고 조심스럽게 설명을 했다.

"새로운 게임까지 만들고 있고 11월이나 12월쯤 출시할 예정이라고 합니다."

—그래?

"예, 계획을 출시 이후로 잡고 차기작의 성패 여부를 살피면 어떨까 싶습니다."

—…단독으로 상장을 하자는 건가?

"그저 의견일 뿐입니다."

목소리가 굳는 듯해 허유한은 반쯤 올라오던 허리를 다시 구부려야 했다.

그리고 잠시 뒤 다시 수화기에서 사내의 목소리가 흘러나왔다.

—나쁘지 않은 생각이야. 아무래도 전에 일로 주목을 받고 있는 상태이니 그게 더 좋을 수도 있겠지. 하지만 1단계로는 부족할지 모르니 2단계까지 갈 거라는 생각으로 준비해.

"알겠습니다!"

전화가 끊어지는 소리가 들리자 비로소 허유한의 허리가 펴졌다. 그와 함께 표정도 펴졌다.

찍!

그는 가볍게 침을 뱉고 아까 준영의 비위를 맞추느라 제대로 놀지 못한 아쉬움을 달랠 생각으로 다시 룸살롱으로 들어갔다.

3장

썸

지(地)의 도움은 한계가 있었다.

스마트폰에 침입한 후 전화번호부를 통해 다시 악성코드를 뿌리는 단계를 거쳐 전화번호와 관련된 정보만을 취합할 수 있었다.

그 이상의 정보를 캐내는 건 어머니의 허락이 있어야 한다고 했다.

준영은 결국 전직 형사가 운영하는 심부름센터를 이용했다. 전화번호를 알고 있다는 것만으로도 충분했는지 꽤나 상세한 정보가 그의 손에 쥐어졌다.

"일본 자금이었군."

허유한은 꼬리였다. 그 위에 민승철이라는 사업가 흉내를 내는 놈이 있었고, 또 그 위에 와따나베 도이시로라는 일본인이 있었다.

지(地)는 직접적인 언급은 하지 않았지만 조심하라는 말을 했었다. 그렇다면 와따나베 도이시로는 야쿠자와 관련이 있을 가능성이 높았다.

이런 경우에는 피하는 게 상책이었다.

아깝긴 했다. 잘만 이용한다면 코스닥 상장이라는 관문을 힘들이지 않고 넘을 수 있는 기회였기 때문이었다.

"급할 거 없어. 어차피 1, 2년만 참으면 되는데 무리할 필요는 없지."

생각을 정리한 준영은 들고 있던 서류를 서랍에 넣어버리곤 모의고사 문제지를 꺼냈다.

수능이 10여 일 앞으로 다가온 것이다.

민혁의 과외는 10월 말을 끝으로 그만두었다.

민혁이 아쉬워하긴 했지만 스스로 열심히 하고 있으니 딱히 가르칠 것이 없었다.

또한 무엇보다도 준영 자신이 도무지 시간이 나지 않았기에 끝을 낸 것이었다.

한참 문제를 풀고 있는데 전화벨이 울렸다.

"네, 엄마."

―괜찮은 집이 있어서 전화했다.

"알아서 하시라니까요."

—니 형은 5억이 넘는다고 다른 집 보자고 했는데 엄마는 이 집이 마음에 들어서 말이다.

"얼만데요?"

—5억 7천인데 5억 4천까지 해준다는구나.

"그럼 그걸로 하세요. 한데 언제 이사가 가능하대요?"

—마침 비어 있는 집이라 계약만 하면 언제든지 가능하다 더구나.

"잘됐네요. 계약할 때 전화주세요. 입금은 바로 해드릴게요. 고생하세요, 엄마."

집을 사준다고 했지만 호영과 현영은 집을 구할 생각을 도무지 하지 않았다.

그렇지 않아도 신경 쓸 게 많았던 준영은 아버지에게 그것에 대해 말했다.

결국 아버지는 현영은 여자라 어쩔 수 없지만 호영은 반드시 분가하라고 명했고 이에 엄마와 부랴부랴 집을 구하는 중이었다.

정했던 금액에서 4천 정도 차이가 있었지만 그 정도는 이미 감안을 하고 있었던 터였다.

잠시 후 다시 엄마에게 연락이 왔고 준영은 불러주는 계좌로 돈을 보냈다.

"일단 한 가지는 해결됐네."

준영은 책상 옆에 붙여놓은 메모지 중 '형 집'이라 적힌 메모지를 떼어내 휴지통에 버렸다.

메모지 하나가 떨어졌지만 다른 메모지는 여전히 많이 붙어 있었다.

그만큼 할 일이 많다는 증거.

준영은 저 메모지가 빨리 사라지길 바라며 다시 문제를 풀기 시작했다.

"자유다!"

준영은 두 손을 하늘로 뻗으며 소리쳤다.

그의 주변을 지나가던 학생들도 이해한다는 듯 고개를 끄덕이며 지나갔다.

수능이 끝이 났다. 그리고 그와 함께 11월 내내 준영을 괴롭히던 일도 끝이 난 것이다.

며칠 전 캐주얼 슈팅 게임 '파이팅!'을 완성해 도움에 넘겼다. 오늘 출시됐지만 결과는 중요하지 않았다.

지금 이 순간 준영에겐 문화생활을 즐길 수 있게 되었다는 것만이 중요했다.

집에 들어가 옷을 갈아입고 밖으로 나왔다.

어제와 같은 공기인데 훨씬 더 상쾌하게 느껴지는 건 기분 탓이리라.

전화가 왔다. 도움의 지수영 대리였다.

―어떨 것 같아요?

앞이 생략된 말이었지만 준영은 알아들었다.

'파이팅!'의 다운로드 수와 실시간 반응이 어떤지 묻는 것이었다.

"지금은 별로 중요하지 않아요. 그저 놀고 싶은 마음뿐이거든요."

―듣고 놀면 더 좋지 않겠어요?

"내일 듣죠."

―전화한 게 무안할 지경이네요.

"퇴근 시간이죠? 나올래요?"

―데이트 신청인가요?

"설마 일하자고 부르겠어요? 나와요."

―…어디로 갈까요?

"제가 회사 근처에 가서 연락할게요."

전화를 끊은 준영은 회사 근처에 있는 사설 주차장으로 갔다.

구매를 하고도 바빠서 시승식만 간단히 하고 주차해 뒀던 자신의 승용차에 오른 준영은 시동을 걸고 수영이 있는 곳으로 향했다.

지수영은 준영과 통화를 하고 화장실로 가서 화장을 고치고 옷매무새를 만졌다.

'다른 옷을 입고 나오는 건데……'

오늘 옷차림이 별로 마음에 들지 않는 그녀였다.

그렇다고 집에 갈 수는 없는 일. 괜스레 거울 앞에 있는 시간이 길어지고 있었다.

준영과 개인적으로 만난 건 이번이 두 번째였다.

망설이다가 준영의 스마트폰에 전화번호를 남겼고 며칠 뒤 만나지 않겠냐는 전화를 받아 같이 저녁 식사를 했었다.

키가 크지도, 얼굴이 잘생기지도 않았지만 자신감 넘치는 말투와 묘한 매력이 있어 한번 대시를 해볼까 하는 생각도 있었다.

그러나 나이가 자신보다 여섯 살이 어리다는 걸 듣게 된 다음엔 마음을 접을 수밖에 없었다.

조금 전에도 그가 보자고 했을 때 고민을 했었다.

하지만 어느새 예스라고 대답하고 화장실로 달려와 거울을 보며 옷 걱정을 하고 있는 자신을 보고 있자니 웃음이 나왔다.

'그냥 저녁을 먹는 것뿐이야.'

편안하게 생각하기로 한 그녀였다.

이때 준영에게 전화가 왔다. 회사 앞이라는 소리에 다시 한번 거울을 보고 밖으로 나왔다.

준영은 유명한 스포츠카 회사인 B사의 준중형 승용차 앞에서 손을 흔들고 있었다.

"진짜 안 궁금해요?"

"오늘 예쁘네요. 타요. 목적지는 가면서 정해요."

무슨 말을 할까 고민하다 꺼낸 말이었는데 준영은 전혀 궁금하지 않은지 엉뚱한 소리를 했다.

하지만 지수영은 그 엉뚱한 소리가 싫지 않았다.

"저녁 전이죠?"

준영의 물음에 수영은 고개를 끄덕였다.

"홍대에 괜찮은 곳 있는데 어때요?"

"좋아요."

준영은 홍대로 차를 몰았다.

목요일임에도 수능이 끝난 날이라 그런지 홍대 근처엔 사람이 많아 차로 지나기가 쉽지 않았다.

"맞다! 준영 씨도 수능 시험 본다고 하지 않았어요?"

"그런 건 기억하지 않으셔도 되는데……."

쑥스러움에 준영은 머리를 긁적거렸다.

"그래서 오늘 놀아야 한다고 그랬군요? 시험은 잘 봤어요?"

"생각만큼은요."

"축하의 의미로 저녁은 내가 살게요."

"제가 사 드리려고 했는데… 사양하는 건 예의가 아니겠죠? 그럼 좀 있다 제가 다른 걸 살게요."

차를 주차장에 주차를 하고 두 사람은 레스토랑으로 들어갔다.

가게 안은 수능을 끝낸 학생들로 가득했다.

"자리가 없을 것 같은데요?"

"예약해 뒀어요."

준영이 종업원에게 얘기를 하자 2층에 위치한 전망 좋은 창가 쪽을 안내해 줬다.

"여기 수제 햄버거나 갈비구이 괜찮아요."

"갈비구이로 할게요."

"그럼 전 수제 햄버거로 하죠. 양이 많으니 같이 나눠 먹어요."

준영은 주문을 하고 수영에게 말했다.

"아까부터 계속 '파이팅!'의 결과가 궁금하지 않냐고 물었죠?"

"왜요, 이젠 궁금해졌어요?"

"대답을 듣지 않아도 결과를 대충 알 것 같아서요."

"너무 자신감 넘치는 거 아니에요?"

"자신감이 아니라……."

준영은 테이블 두 곳을 가리킨 다음 창밖으로도 어딘가를 가리켰다.

수영은 자연스럽게 그의 손이 가리킨 곳을 보았고 왜 결과를 알 것 같다고 했는지 알 수 있었다.

가리킨 방향에는 사람들이 한 손에 스마트폰을 쥔 채 다른 한 손을 쫙 펴고 팔을 좌우로 움직이고 있었다.

"호호! 예리하네요. 맞아요. 조금 전까지 서버가 폭주할 정도로 많은 사람들이 다운로드를 받았거든요. 네임드의 다운로드도 덩달아 늘었고요. 어때요? 도움과 손잡길 잘했죠?"

"수영 씨에게 고맙다고 해야겠네요."

"도움이 아니라 저에게요?"

"도움과 손잡은 이유가 수영 씨 때문이거든요. 똑 부러지는 말투이면서도 상대를 배려하는 모습이 정말 마음에 들었거든요. 하하하!"

진실은 아니었지만 준영이 데이트 상대인 수영을 기분 좋게 만들기 위해 한 말이었고, 수영도 농담이라는 걸 알았지만 기분이 좋았다.

분위기가 좋아지자 저녁 식사도 즐거웠다.

회사에서의 에피소드, 앱 게임에 대한 얘기가 주를 이루었지만 말이 통해서 기뻤다.

육체적인 교감도 필요하지만 때론 정신적인 교감도 필요했는데 수영이 준영에게는 그런 상대였다.

사실 준영의 주변엔 가족을 제외하고 딱히 대화할 상대가 없었다.

가상현실에서 지(地)와 얘기를 하지만 그의 깐족거림에 스트레스 받을 때가 많았고, 간혹 만나는 하트홀릭과도 대화를 하긴 했지만 좋아하는 뮤지션이지 친구라 보기엔 힘들었다.

물론 기억 속에 중, 고등학교, 대학교, 군대 친구들이 있었다. 하지만 예전 준영에게 친구들이지 지금 준영에겐 친구가 아니었다.

후식으로 나온 커피까지 마신 후에야 긴 수다의 시간이 끝났다.

"준영 씨, 의외로 수다스럽구나?"

"그러게요. 원래 이런 스타일이 아니었는데 수영 씨랑 말하다 보니 그렇게 됐나 봐요."

오랫동안 얘기를 나누다 보니 두 사람은 자연스럽게 더 친해져 말도 편하게 하고 있었다.

"편하게 느껴진다는 뜻에서 한 말 같은데 여자들은 그런 말 별로 좋아하지 않는데……."

"절대 매력 없다는 말은 아닙니다!"

"강력한 부정은 긍정이라고 하던데?"

"컥! 말꼬리 잡기 신공! 졌습니다."

준영은 두 손을 들고 고개를 숙였다. 지금 같은 경우엔 어떤 말을 해 봐야 계속 꼬투리 잡힐 게 분명했기에 아예 항복을 선언했다.

"이젠 어디에 갈 거야?"

"가기 전에 준비를 해야 하니 따라오시죠."

"웬 준비?"

"라이브 클럽에 가야 하는데 지금 신발과 옷으론 힘들지 않겠어요?"

"난 클럽 별론데……."

준영은 수영의 말이 끝나기도 전에 손을 잡고 근처에 보이는 옷 집으로 데리고 갔다.

"저거 어때요?"

"…너무 야해."

준영이 가리킨 것은 옷이라기보단 천이었다.

"그 옆에 있는 건요?"

"조금 낫지만 아무래도……."

"그럼 그 옆에 있는 건요?"

"차라리 낫네."

"입어보세요."

준영은 미적거리는 수영의 등을 떠밀어 탈의실로 보냈다.

준영은 쇼핑을 할 생각은 없었다. 그래서 가장 야한 옷을 기준으로 한 단계씩 낮추는 방법으로 선택하게 만든 것이다.

'역시 옷을 완성시키는 건 얼굴과 몸이야.'

쇄골이 확연히 보이고 쫙 달라붙어 몸매까지 드러나는 양브이 원피스를 입은 수영이 어찌할 바를 몰라 하며 탈의실에서 나왔다.

라이브 클럽보다는 부비부비 클럽에 맞는 복장이었지만 다시 고르다 보면 한정이 없었기에 준영은 엄지를 들며 말했다.

"멋져요!"

"그래도 이건……."

"아가씨, 저기 보이는 아이보리 니트 코트를 입혀봐 주시겠어요?"

무릎까지 내려가는 코트를 입으니 한결 나아 보였다.

"신발은 뛰어야 하니 플랫 슈즈가 좋겠죠?"

"……."

수영은 준영의 막무가내에 할 말을 잃었고 준영은 어느새 계산을 하고 있었다.

선택의 여지없이 옷과 신발을 바꾸게 된 수영은 거울에 비친 자신의 모습을 보며 기분이 그리 나쁘지만은 않았다.

공부밖에 모르던 학창 시절. 대학에 들어와 1, 2학년 잠깐 연애를 하며 놀긴 했지만 곧 취업 준비에 다시 공부를 해야 했다.

그렇게 노력해서 도움에 취업했지만 여가 생활은커녕 하루하루 회사 일 배우기에 바빴다. 그러다 보니 지금과 같은 옷을 입어본 적도 참으로 오랜만이었다.

"괜찮죠?"

막무가내라는 건 알았는지 미안한 표정을 짓고 있는 준영을 보자 피식 웃음이 나오는 그녀였다.

"다음부터는 이러지 마."

"넵! 그럼 이제 가요."

준영은 수영의 손을 잡고 락앤술로 갔다.

한데 예전과 분위기가 많이 달랐다. 일단 입구부터 사람이 북적이고 있었는데 불금 불토에도 이런 적이 없었었다. 또한 록 밴드 중 유독 한 밴드의 포스트가 도배되다시피 붙어 있었다.

하트홀릭이었다.

"다른 곳에 가야 하는 거 아냐?"

줄이 줄어들 기미가 좀처럼 보이지 않자 수영이 추운지 몸을 떨며 말했다.

하긴 추위를 막기 위해 만든 옷이 아니었다.

"잠시만요."

준영은 일단 수영을 품으로 안았다. 그리고 하트홀릭의 창욱에게 전화를 걸었다.

공연 시간이 가까워져 전화를 받지 않으면 어쩌나 싶었는데 금방 받았다.

─야! 안준영, 너 죽은 줄 알았다. 당장 튀어 와도 시원찮을 판국에 왜 전화질이야!

"형, 지금 밖인데 들어가질 못하겠어요."

─큭큭! 요즘 형들이 한 인기 하잖냐. 잠시만, 형욱이 내보낼 테니까 후문 쪽에서 기다려.

준영은 수영을 데리고 후문으로 갔다.

"야! 스토… 아, 안녕하세요."

스토커라고 말하려던 형석은 준영의 품 안에 안긴 수영을 보더니 인사를 했다.

그제야 수영은 부끄러운 듯 준영의 품을 벗어나 형석에게 인사를 했다.

"안녕하세요."

"드, 들어오세요."

"네, 감사합니다."

세 사람은 안으로 들어갔다. 그때 형석이 준영의 옷깃을 당기며 귓속말로 물으며 새끼손가락을 들어 보였다.

"누구냐? 이거냐?"

"두 번째 데이트예요."

"죽이는데……."

형석은 준영의 옆구리를 쿡쿡 찌르며 음흉한 표정을 지었다.

수영을 보고 다른 멤버들도 놀랐지만 길게 인사할 시간은 없었다.

하트홀릭은 공연 준비를 위해 무대로 향했고 준영과 수영은 관객석으로 갔다.

발 디딜 틈도 없이 꽉 찬 관객석은 전 밴드의 공연으로 후끈 달아오른 상태였다.

"어떻게 아는 사이야?"

"팬이죠. 수영 씨도 한번 보면 바로 반할걸요."

"꽤 친한 것 같던데?"

"하하! 제가……."

우와아아아아아아!

하트홀릭이 무대로 나오자 더 이상 말을 이을 수가 없었다.

"하트홀릭! 하트홀릭! 하트홀릭!"

모두가 집단 최면에 걸린 사람들처럼 하트홀릭을 연호했다.

창욱이 마이크를 잡으며 손을 들자 연호는 차차 줄어들었고 클럽 안은 어느 때보다 조용해졌다.

"아아! 하트홀릭의 서창욱입니다. 일단 노래를 하기에 앞서 오늘도 이곳 락앤슐을 찾아주신 여러분에게 락을 사랑하는 한 사람으로서 감사드립니다."

우와! 휙휙! 짝짝!

환호와 박수, 휘파람 소리가 클럽을 채웠다.

"특히! 이번 저희 앨범의 곡 대부분을 만들어준 안준영이란 녀석에게 고맙다고 전하고 싶습니다. 음원 수익이 안 좋아서 실망해서 도망간 줄 알았더니 오늘에야 찾아왔네요."

하하하! 호호호!

"게다가… 아름다운 아가씨까지 데리고 왔습니다. 야! 거기 맨 뒤에 서 있는 안준영! 참으로 안 어울리는 커플이지 않습니까?"

사람들의 시선이 일제히 준영과 수영을 향했다.

웅성거림과 웃는 소리. 하지만 악의는 없었다.

준영은 관자놀이를 꾹꾹 누르다 손을 올린 뒤 가운뎃손가락을 폈다.

"저런 싸가지 없는 자식… 이지만 꽤 괜찮은 녀석이죠. 바로 저 자식을 위해 첫 곡을 바치겠습니다아아아!"

압도적인 사운드가 클럽을 흔들고 심장을 흔들기 시작했다.

우와아아아아아아~~

세상살이에 쌓인 스트레스를 함성으로 풀어내며 관객석의 사람들이 파도처럼 들썩거렸다.

'뭐, 뭐야!'

수영은 클럽을 자주 다닌 것은 아니지만 친구들과 몇 번 다녔었다. 한데 라이브 클럽은 처음이었다.

귀가 먹먹해지고 정신이 없어 약간 두렵다는 생각이 들어 손을 더듬어 준영을 찾으려 했다.

'없어! 어디 간 거야!'

준영은 옆에 없었다. 두리번거려 봐야 들썩거리고 있는 인의 장막뿐이었다.

의지할 사람이 없다는 생각에 두려움이 서서히 커지기 시작했다.

이 낯선 공간을 벗어나고 싶어졌다.

그때 누군가 그녀의 손을 잡았다.

준영이었다.

"……!"

어디 갔었냐고 소리쳤지만 자신의 귀에도 들리지 않을 정도니 들릴 리가 없었다. 하지만 곧 어디 다녀왔는지 알 수 있었다.

준영이 수영의 손에 맥주를 쥐여 준 것이다.

"…미안해요. …즐겨요!"

준영이 귀에 대고 소리쳤고 수영은 일부나마 알아들을 수 있었다.

음악 소리가 들리기 시작했다. 준영이 그녀를 보며 따라 하라는 듯 음악에 맞춰 몸을 건들거렸다.

수영은 처음엔 어색하고 쑥스러웠다.

그러나 맥주를 마시고 서서히 몸에 땀이 나자 어느새 즐기고 있는 자신을 발견했다.

"꺄아아아아아아~ 오빠!"

아이돌 가수를 좋아하던 어린 시절 그때처럼 비명을 지르고 팔짝팔짝 뛰었다. 초반의 두려움은 온데간데없었고 안에 있던 뭔가가 터져서 몸 밖으로 모조리 빠져나가는 것 같았다.

"헉! 헉!"

한 시간의 공연에 완전히 녹초가 되어버렸다.

심장은 터질 듯이 두근거렸고 온몸이 흠뻑 젖었다는 걸 그제야 깨달았다.

"괜찮아요?"

방긋 웃으며 묻는 준영. 그도 온통 땀투성이였다.

한데 그 모습이 너무 멋져 보였다.

심장의 두근거림이 설렘에 의한 두근거림이 아님을 알고 있었다.

하지만 이성보다 감성이 충만한 상태의 그녀는 준영의 품에 안겨 키스를 하고 싶다는 생각이 들었다.

"……."

눈이 뒤엉켰다.

말을 하지 않아도 느낌만으로 서로가 갈망하는 바를 알 수 있었다.

준영이 다가갔고 수영은 기다렸다는 듯 받아들였다.

달콤함보다 짭조름한 맛이 먼저였지만 두 사람은 하나가 된 듯 밀착한 채 열정적인 키스를 했다.

"…그때 이 녀석이 자신이 작곡을 했다며 노래를 내밀었죠. 마치 기다렸다는 듯 말이죠. 그래서 노래를 들었는데 이거다 싶어 눈이 번쩍 떠지더군요. 그래서 바로 연주를……."

기분이 좋은 건지 술에 취한 건지 창욱은 수영에게 지난 얘기를 신이 나서 말해주고 있었다.

칭찬은 고마웠지만 비슷한 말이 반복적으로 계속되니 낯이 뜨거워졌다.

"형, 그만하시고 한 잔 드시고 일어나셔야죠."

"자식, 부끄러워하긴… 형이 얼마나 고마워하는지 넌 모를 거다."

"오늘 보니 알 것 같아요. 원샷!"

하트홀릭은 다음 공연이 또 있었다.

새로운 앨범을 내고 반응이 좋았다. 그래서 공연 시간도 늘어나고 봉급도 꽤 많이 올랐다고 했다.

게다가 팬들도 늘어 삼겹살 집에서도 여러 번 사인 요청을 받고 있었다.

야식을 겸해서 잠깐 틈을 내 삼겹살 집에 왔는데 취하면 곤란했기에 준영은 빨리 판을 접으려고 했다.

"야, 스토커, 왜 이렇게 서두르는 거야? 어디 갈 데라도 있냐? 어디 갈 데라도 있어요, 수영 씨?"

"아, 아뇨."

"에이, 아닌 것 같은데요. 둘만 어디 좋은 데 가려고 하는 거죠? 그러니까 서두르지."

형석이 수영을 물고 늘어졌다.

수영은 얼굴이 벌게지며 손사래를 쳤다.

준영은 형석을 노려본 후 반쯤 올렸던 엉덩이를 다시 내릴 수밖에 없었다.

"이해해 줘요. 워낙 장난스런 형이라……."

준영은 수영의 귀에 대고 작게 속삭였다.

"괜찮아. 악의가 있는 것도 아닌데, 뭘. 그리고 회사 다녀

봐. 이 정도 말은 농담에도 안 들어가."

수영은 아무렇지도 않다는 듯 대답했고 오히려 걱정 말라는 듯 준영을 등을 토닥거렸다.

"준영아, 창욱이가 음주 공연이 하루 이틀인 줄 아냐. 걱정 마라."

범균의 말에 준영은 마음을 편히 먹기로 했다.

소주병이 어느 정도 쌓이자 그다음부터는 준영과 수영만 조금씩 마실 뿐 하트홀릭은 고기만 집어 먹었다.

"자, 공연 30분 전이니 그만 일어나자."

창욱의 말에 우르르 일어났다.

준영이 먼저 일어나 계산을 하려고 했다. 한데 수영이 준영의 옷깃을 잡고 고개를 살짝 흔들었다.

이유가 있겠지 싶어 하트홀릭의 총무인 형석이 계산하는 걸 지켜만 봤다.

물론 밖에 나와 맛있게 먹었다는 말을 잊지 않았다.

"잘 먹었어요, 형. 주말에 다시 들릴게요."

"오냐, 참! 준영아."

"예, 형."

"우리, 음악 방송에 나갈지도 모른다. 올해는 힘들지만 내년 초쯤에 나올 수 있냐고 연락이 왔었거든."

"제가 플래카드 들고 가겠습니다."

"당연히 그래야지. 수영 씨, 오늘 만나서 반가웠어요. 조심히 들어가세요."

"저도 즐거웠어요. 공연 잘하세요."

삼겹살 집 앞에서 하트홀릭과 준영은 헤어졌다.

하트홀릭이 보이지 않자 준영은 식당에서 자신을 왜 잡았는지 수영에게 물었다.

"아까 계산할 때 왜 그랬어요?"

"준영 씨한테 고마워서 뭔가를 해주고 싶었을 거야. 그래서 고깃집에 가자고 했는데 거기서 계산을 해버리면 하트홀릭, 그분들 입장이 어떨지 생각해 봤어?"

"음······."

틀린 말은 아니었다.

때론 가진 것이 없는 사람에게도 감사하게 받으면 되는 일도 있었다. 아까 수영에게 저녁을 얻어먹은 것처럼 말이다.

"그게 참 미묘하긴 해. 어쨌든 그분들이 돈을 썼지만 아마 하나도 아깝지 않았을 거야. 준영 씨한테 얻어먹는 것보다 훨씬 기쁠 거고."

"말려줘서 고맙다고 해야겠네요."

준영은 수영이 하고자 하는 말을 이해했다. 그리고 왠지 어른스럽게 느껴지는 수영에게 호감이 생기는 것 같았다.

"자, 우리도 이제 그만 가죠. 대리 기사 불러서 집에 데려다 드릴게요."

준영은 스마트폰을 꺼내 전화를 걸려고 했다. 한데 수영이 손을 뻗어 막았다.

그리고 시선을 피하며 딴짓을 했다.

더 같이 있고 싶다는 신호였다.

"으음, 그럼……."

준영은 수영의 어깨를 감싸 안으며 주변에 모텔이 어디에 있는지 생각해 보았다.

아이러니하게도 능령의 사고가 있었던 날 검색했었던 모텔의 위치가 머리에 떠올랐다.

'잘 지내겠지?'

문득 능령이 생각났지만 금세 머릿속에서 지웠다.

두 사람은 다소 어색하게 모텔로 향했다.

*　　*　　*

'파이팅!'은 네임드보다 훨씬 더 다양한 연령층에게 사랑을 받았다.

특히 초, 중, 고등학생들에게 폭발적인 인기를 끌며 일일 매출이 네임드의 세 배를 넘으며 새로운 해를 맞이했다.

세 명의 직원뿐이던 회사도 인원이 늘어 총 여덟 명이 되었고, 한가하던 준영도 다시 바빠지기 시작했다.

좋은 일만 있었던 건 아니었다.

일탈에서 시작된 지수영과의 썸은 다시 일상으로 돌아가

회사 생활을 하며 정신을 차린 수영이 도움 제주도 본사로 자리를 옮김으로써 끝이 났다.

지수영이 마지막으로 했던 말이 떠올랐다.

끝을 알 수 없는 연애를 하기엔 내 나이가 너무 많아. 네가 마지막이라는 확신만 있다면… 미안.

그녀는 확실한 말로 잡아주길 바랐는지 몰랐다. 하지만 준영은 결혼에 대해서는 생각해 본 적이 없었기에 잡을 수가 없었다.

아이러니하게도 떨어지길 바라지 않았던 지수영은 떨어져 나갔고, 금방 지쳐서 떨어지리라 생각했던 중소 앱 개발사 지원 중앙회의 허유한은 성심미디어의 놀라운 성장세에 아예 본격적으로 덤벼들고 있었다.

거의 매일이다시피 찾아오는 그를 피해 다시 시립대 도서관에 가야 했던 준영은 결국 변호사를 찾아야 했다.

2009년 로스쿨이 생기며 2017년 사법 고시가 사라질 거라고 했는데 결과는 둘의 공존이었다.

기존 권력층에 포진된 사법 고시 출신들은 로스쿨 출신을 달가워하지 않았고 로스쿨 출신 중 인맥이 없는 이들이 로펌에 들어가는 건 하늘에서 별 따기였다.

소위 최고 명문대라는 3개 대학교 졸업생은 그나마 나았지만 그 외의 로스쿨 출신 변호사들은 해마나 배출되는 졸업생들과 치열한 생존 경쟁을 해야 했다.

준영이 고용한 변호사는 지방대에서 로스쿨을 나와 동대문구에 변호사 사무실을 개업한 인물이었다.

수임료가 수억 원씩 하는 변호사를 고용할 수도 있었지만 사기꾼 쫓는데 굳이 그런 변호사까지 고용할 필요는 없었다.

4장

도발

직원이 늘어나는 바람에 건물의 한 층 전체를 쓰게 되었지만 사장실을 늘릴 만한 공간은 없었기에 좁은 그의 사무실에는 세 사람이 옹기종기 모여 있었다.

준영과 변호사 곽용호, 그리고 허유한이었다.

"그동안 '파이팅!' 때문에 너무 바빠 허 팀장님께 너무 결례를 범했습니다."

"하하하! 괜찮습니다. 바쁜 게 좋은 거죠. 한데 이분은 누구신지……?"

"우리 회사에서 고용한 변호사님입니다. 제가 아는 게 없어 도움을 받고 싶어 같이 자리했는데 괜찮으시죠?"

"무, 물론입니다. 하… 하…….."

'지긋지긋한 놈, 이제야 떨어지겠군.'

변호사라는 말에 당황하는 표정을 숨기지 못하는 허유한을 본 준영은 고소를 머금었다.

'적당히 다른 먹이나 신경 쓸 일이지 뭐 먹을 게 있다고 이렇게 매달리는지. 짜증 나게 말이야.'

속마음과 달리 준영은 정중하게 말했다.

"지난번에 말씀하셨던 것부터 곽 변호사님께 다시 한 번 말씀해 주세요. 전 들어도 도통 모르겠더라고요."

준영은 한발 물러섰다.

"험! 그러면 시작하겠습니다. 저희 중앙회에서는 성심미디어의 코스닥 상장을 도와주기 위해 왔음을 먼저 말씀드리겠습니다. 처음 앱 게임이 히트 칠 때는 게임 하나만 성공시켜도 수천억의 자금을 모을 수 있었습니다. 하지만 이후 급격히 수익률이 낮아지며 상장폐지 된 경우가 많아 차츰 시장에서 외면을 받게 되었죠."

영업부에 스카우트하고 싶을 만큼 말발만은 어느 누구에게도 뒤지지 않는 실력이었다.

"그러나 앱 게임이 여전히 투자자들이 만족할 만한 수익률을 낼 수 있는 곳이라 저희는 생각합니다. 그래서 범정부적으로 이 일에 나서게 됐죠. 일단 이 서류를 보시죠."

허유한은 서류를 꺼내어 곽 변호사에게 보여주며 열심히

설명했다.

'어라? …계획이 바뀌었군.'

예전과 달라진 점이 있었다.

처음 중앙회에서 내민 계획서는 완전히 사기였다.

복잡한 서류 속에 교묘하게 숨기긴 했지만 상장을 위해 준영이 가진 성심미디어의 주식 20%를 먼저 중앙회가 임시로 양도를 받은 후 상장을 준비하고, 상장 직전 그들에게 일정한 금액을 받고 다시 31%를 양도해야 한다는 것이었다.

그다음 주식이 일정 부분 팔리면 임시로 양도한 주식을 돌려주고 31% 주식에 대한 값을 추가로 준다는 내용이었는데 이미 51%의 주식을 넘긴 상태라 실권이 없어졌고, 일정한 금액을 받고 팔았으니 추가로 돈을 줄 이유도 없었다.

준영을 호구로 보지 않았다면 절대 그런 서류를 내밀지 않았을 것이다.

한데 그런 말은 온데간데없이 사라졌고 변호사도 혹할 만큼 다른 설명을 하고 있었다.

코스닥 상장을 돕고, 상장 직전에 상장 후 대주주가 함부로 주식을 팔지 못하도록 한다는 의미에서 30%의 주식을 중앙회가 성심미디어에서 가치만큼 산다는 것이었다.

하지만 이번 설명에도 함정이 있었다.

30%의 주식에 대해 중앙회 마음대로 가치를 정한다는 것이었다.

5,000만 원으로 성심미디어를 만든 준영은 액면가 10,000원 짜리 주식 5,000장을 가지고 있다고 볼 수 있었다.

만일 주식을 100원짜리로 나누면 50만 장의 주식을 가지게 되는데 만일 주식시장에서 액면가 100원짜리 주식이 20,000원의 가치를 지닌다면 회사의 가치는 순식간에 200배 커진 100억짜리 회사가 된다.

한데 주식시장에 상장하기 전이라면 얼마가 될지 아무도 모른다는 점이다.

물론 공모주—기업을 공개하며 액면가 100원짜리 주식을 20,000원에 팔겠다며 투자자를 모집—를 통해 가격을 짐작할 수 있었다.

하지만 중앙회는 공모를 하기 전에 자신들 마음대로 가치를 상정해 사겠다는 말이었다.

허유한의 설명이 끝이 났다.

곽 변호사도 사족이 많이 붙은 설명에 다소 어안이 벙벙한 표정이었지만 변호사답게 서류를 이해하지 못한 것은 아니었다.

"일단 얘기를 나눠보고 연락을 드리겠습니다."

"…좋은 결정 바랍니다."

허유한은 인사를 하면서 살짝 인상을 쓸 수밖에 없었다.

아무것도 모른다는 듯 앉아 있는 준영이 그리 만만한 상대가 아님을 알아본 것이었다.

준영과 곽 변호사가 얘기하는 걸 들어보고 싶었지만 축객령이 떨어진 터라 돌아가서 연락을 기다리는 수밖에 없었다.

허유한이 나가자 준영은 곽 변호사를 보며 물었다.

"어떻습니까?"

"글쎄요? 제가 볼 때 나쁜 제안은 아닌 것으로 보입니다. 물론 서류를 더 살펴봐야겠지만 성심미디어의 현 가치가 어느 정도인지 알아야……."

"지난해 4분기에 109억 원의 매출을 올렸습니다. 영업이익은 80억, 당기순이익 또한 그 정도입니다."

"…어, 엄청나군요?"

"올해는… 오늘까지 매출이 30억이 넘었습니다."

오늘은 1월 11일이었다.

곽 변호사는 허름한 사무실에서 코스닥 상장에 대한 얘기가 나오자 우습게 생각하고 있었다.

한데 지금대로라면 연 1,000억대의 매출을 기대하는 회사라는 얘기에 입만 벌릴 뿐 말을 할 수가 없었다.

한데 눈앞에 있는 젊은 사장은 끝이 아니라는 듯 말을 이어갔다.

"게다가 올해 세계시장에 수출을 할 생각입니다."

"…그, 그렇군요."

"거기에 맞춰서 가치를 산정해 주세요."

"…알겠습니다."

벌써부터 머리가 아픈지 곽 변호사는 잔뜩 인상을 찌푸리고 사무실을 나갔다.

"나름 괜찮은 변호사군."

곽용호에 대한 감상을 중얼거리곤 준영은 들고 있던 서류를 책상 위에 던져 버렸다.

이제부터 허유한의 상대로 곽 변호사를 내보낼 생각이었다.

제발 이쯤해서 사기꾼들이 떨어져 나가길 바랐지만 그의 예상과는 달리 그들은 물러날 생각이 없었다.

* * *

"변호사가 붙었다고?"

허유한의 보고를 받는 민승철이 안경을 추켜올리며 물었다.

"예!"

"변호사에 대해서는 알아봤나?"

"변호사 업무보다는 세무와 회계를 주로 하며 근근이 먹고 사는 친구라 들었습니다. 특별한 배경은 없는 것으로 보입니다."

"자네의 생각인가? 아님 조사 내용인가?"

"…배경에 대해서는 다시 조사를 하겠습니다."

"쯧!"

가볍게 혀를 찬 민승철은 검지와 중지로 책상을 번갈아가며 두드리며 성심미디어에 대한 생각을 했다.

처음엔 그런저런 회사라고 생각했는데 단 두 달 사이에 이제는 누구나 탐낼 만한 회사가 되어버렸다.

특히 특허 받은 독자적인 기술까지 있어 대형 게임 회사에서 합병을 준비 중이라는 얘기도 슬슬 나오고 있었다.

그냥 적당한 돈을 주고 산다고 해도 큰 이익을 남길 수 있는 회사라는 것이 밝혀진 이상 계획을 서둘러야 했다.

"그래서 얘기는 어떻게 되어가고 있나?"

"그게… 그러니까… 요 며칠은 변호사밖에 못 만나고 있습니다. 게다가 그 변호사가 30퍼센트 주식에 대해 얼토당토않은 가격을 제시하고 있어서……."

"얼마나 요구하던가?"

"900억입니다."

"이 미친……!"

민승철은 어이가 없어 욕을 하려다 그만 한 가격을 제시한 근거가 있을 것이라는 생각에 물었다.

"근거는?"

"잠시만… 여기 있습니다."

허유한이 건넨 서류를 살피던 민승철은 900억이면 타당한 금액이라는 생각이 들었다. 아니, 900억에 산다고 해도 되팔

기만 해도 꽤 많은 돈을 벌 수 있을 것 같았다.

일본에 자금줄이 있었기에 돈은 문제가 아니었다.

'쯧! 삥땅 칠 돈이 없어지겠군. 하지만 워낙 큰 건이라 떨어지는 게 많을 테니 상관없겠지.'

일본 자금을 운용할 때 이익 중 일부를 뒷주머니로 먹고 있었다. 한데 1,000억의 돈을 융통하려면 모든 보고를 해야 하기에 그럴 기회가 없었다.

그게 못내 아쉬웠는지 이리저리 머리를 굴려보지만 딱히 방법이 없었다.

"하루라도 빨리 서둘러야 하니까 사장을 직접 만나서 900억에 사겠다고 해."

"하지만 제 연락은 받지도……."

"직접 찾아가면 될 거 아냐! 몇 놈 데리고 집으로 직접 찾아가! 그렇게 하면 제깟 놈이 어떻게 피할 수 있겠어? 생각 좀 해. 생각!"

"…아, 알겠습니다. 겁을 줘서라도 대답을 듣고 오겠습니다."

"그렇다고 직접적으로 말하면 이도 저도 안 돼."

"예… 적당히 겁만 주겠습니다."

"나가봐!"

허유한이 나가자 민승철은 바로 전화를 들었다.

"와따나베 상, 한국의 민승철입니다."

─지난 주 보고는 며칠 전에 들었는데 새로운 일이 생겼소?

와따나베의 말투는 지극히 사무적이었다.

"큰돈이 필요하게 되었습니다. 그래서 와따나베 상이 서류를 검토해 줬으면 합니다."

─꽤 큰 건인가 보군요. 회사 이름이 어떻게 됩니까?

"성심미디어입니다."

─아, 작업을 한다던 그 회사군요. 한데 이렇게 전화할 정도면 일이 급하게 돌아가는 모양이군요?

"하루가 다르게 커가는 곳이라⋯⋯."

─무슨 말인지 알겠소. 서류를 보내면 바로 검토 후에 전화를 드리죠.

"그럼 한 시간 내로 보내겠습니다."

전화를 끊은 민승철은 서류를 스캔 하고 적당한 보고서를 작성하기 시작했다.

*　　*　　*

하트홀릭이 공중파 음악 방송에 처음 출연하는 날.

준영은 오전에 회사에 잠시 들러 몇 가지를 지시하고 차를 타고 방송국으로 왔다.

후면 주차를 하고 물건을 꺼내려고 트렁크로 갔다.

한데 옆 차 뒤꽁무니에 쪼그려 앉아 담배를 피우고 있는 여학생들이 있었다.

팬티가 보였지만 개의치 않는지 침을 찍찍 뱉으며 수다를 떨고 있었다.

그때 한 여학생이 준영이 빤히 자신들을 쳐다보고 있자 한마디 했다.

"어쭙잖은 설교할 생각 말고 그냥 가라."

준영은 피식 웃고는 트렁크에서 학생들 수만큼 빵을 꺼내서 들곤 여학생들 옆에 앉아 시가에 불을 붙였다.

어이없어 하는 학생들이 입을 열기도 전에 준영이 먼저 말을 꺼냈다.

"너희들, 음악 방송 방청하러 온 거지?"

"근데 왜?"

"일찍부터 와서 기다리느라 배 안 고프냐? 담배 피운 다음 이거 먹어라."

준영은 학생들에게 빵을 하나씩 건넸다.

"찍! …뭔 개수작이냐?"

처음 준영에게 말했던 여학생이 침을 뱉은 후 눈을 부라리며 물었다.

"무서운 언니들한테는 개수작 안 부려. 방송국 사람들한테 나눠 주려고 넉넉히 사온 건데 이것도 인연이라 주는 거야."

학생의 리더 격인 정미나는 아무렇지도 않게 자신의 옆에 쪼그려 앉아 시가를 피우며 너스레를 떠는 준영의 모습이 그리 짜증 나게 보이지는 않았다.

그래서 쫓아버릴 생각은 버리고 한마디 했다.

"음료수는 없어?"

"아! 맞다. 잠깐만."

준영은 다시 트렁크로 가 음료수를 가지고 왔다.

"자, 부족하면 말해라."

"이상한 아저씨네."

"그치? 웃겨. 킥킥킥킥!"

지네들끼리 웃고 떠들었지만 준영은 상관없다는 듯 시가를 즐겼다.

"그 담배는 뭐야?"

"시가. 담배는 피우고 싶은데 몸이 걱정되고, 전자 담배는 왠지 싫고, 그래서 피우는 거야."

"우웩! 잘난 척 쩌러!"

"킥킥킥킥! 재수 없어."

웃고 떠드는 여학생들을 보고 적당히 거리가 좁혀졌다고 생각한 준영은 생각해 뒀던 말을 꺼냈다.

"너네들, 아르바이트 안 할래?"

어떤 아르바이트냐고 물을 줄 알았는데 반응은 전혀 달랐다.

"어? 이 새끼, 보도 아냐?"

"맞는 것 같은데? 어쩐지 뺀질대는 꼬락서니가 마음에 안 들더라니."

'너희 마음에 들 생각 따윈 없어!' 라고 말하고 싶었지만 학생들의 눈빛이 심상치 않아 그렇게 말할 순 없었다.

"너⋯ 보도 맞냐?"

'헐, 무슨 애 눈빛이⋯⋯.'

준영은 차가워진 미나의 눈빛을 보며 사연이 있음을 알게 되었다. 그렇다고 오지랖 넓게 사연까지 캐물을 생각은 없었다.

지금은 당장에라도 달려들 것 같은 여학생들을 진정시키는 게 우선이었다.

"아니거든! 음악 방송 방청하면 플래카드나 들어달라고 부탁하려던 참인데 어디다 취직시키는 거야! 그리고 외제 차 타고 다니는 보도 본 적 있냐?"

"응!"

"⋯젠장, 더 비싼 차로 바꾸든가 해야지."

"진짜 아냐?"

"아니라니까. 내가 보여준다. 보여줘."

준영은 트렁크에서 하트홀릭을 위해 준비한 플래카드를 꺼내 펼쳐 보였다.

"아니면 말고."

"⋯⋯."

준영은 하트홀릭의 첫 방송을 위해 가급적 여학생들이 플래카드를 들어주면 좋겠다고 생각해서 한 일이었다.

한데 여학생들의 반응을 보니 차라리 방청하러 온 사람들 중 나이 든 이들에게 부탁하는 게 좋을 성싶었다.

준영은 플래카드와 짐을 챙겨 방청을 기다리는 사람들에게 가려 했다.

"왜 그냥 가? 아르바이트하라며."

"할 거야?"

준영은 영 떨떠름한 표정으로 물었다.

"얼마 줄 건데?"

"두당 5만 원."

여학생들은 의외라는 표정으로 서로를 바라보며 고개를 끄덕였고 미나가 대표로 말했다.

"괜찮네."

"비명도 질러주고, 오빠라고 불러줘야 해."

"…얼마나?"

"시작할 때 한 번, 끝날 때 한 번."

"좋아, 한 명 더 있는데 괜찮지?"

"오케이, 다섯 명. 혹시 누구 보러 왔어?"

"그건 왜?"

"방송국에 들어갈 거거든. 혹시 만나면 사인이나 받아줄까 했는데 싫으면 관둬."

"MoB!"

네 명이 동시에 외쳤다. 멤버 중에 누가 좋다 누가 좋다 의견이 갈렸지만 그네들의 이야기였다.

"잘 부탁해."

플래카드를 여학생에게 건네줬다. 그러자 미나가 손을 내밀며 말했다.

"돈."

"후불."

"댁을 어떻게 믿어?"

"그러는 난 너희를 어떻게 믿어. 끝나고 여기로 와. 좀 늦는다고 내 자동차 부수지 말고."

자동차가 담보가 된다고 생각했는지 더 이상의 말은 없었다.

방송국에 들어가기 위해선 방문증을 받아야 했다.

"오늘 방송 출연하는 하트홀릭의 매니접니다."

직원은 신분증과 얼굴을 꼼꼼히 살핀 후 들고 있는 빵과 음료수를 보더니 방문증을 줬다.

입구를 통과해 경비원에게 방송 대기실을 물어 하트홀릭이 있는 대기실로 갔다.

복도는 오가는 사람들로 붐비고 있었지만 준영을 신경 쓰는 사람은 아무도 없었다.

'하트홀릭 & 도파민' 이라 적힌 방으로 들어갔다.

꽤나 긴장하고 있는지 사람들의 시선이 모두 준영에게로 향했다.

"형들, 긴장했어요?"

"…긴장은 무슨 …한데 네가 여기 웬일이냐?"

가장 긴장하고 있는 듯한 형석이 물었다.

"형들 매니저라 하고 들어왔죠. 자, 여기 빵하고 음료수 가져왔으니 긴장들 좀 푸세요."

하트홀릭은 물론이고 도파민이라는 밴드에게도 싹 돌렸다.

"뭔 빵과 음료수를 그리 많이 사왔냐?"

"진행 팀한테 주려고요. 그래도 명색이 매니저인데 아부라도 해야 할 거 아니에요."

"하여간 이 스토커 정말 무섭다니까. 끽해야 방청객으로 오겠거니 했더니 매니저를 사칭하고 들어왔네."

창욱은 잘 왔다며 기뻐하는 반면 형석은 무섭다는 듯 몸서리를 치고 있었다.

하지만 이미 익숙한 반응이라 형석의 반응은 무시하는 준영이었다.

"언제부터 시작이에요?"

"한 시간쯤 있다가."

"그럼 빵 빨리 돌려야겠네요. 다녀올게요."

준영은 밖으로 나와 유독 사람들이 북적이는 방향으로 갔다.

아니나 다를까 방송 준비에 여념이 없는 스텝들이 보였다. 오전부터 리허설이다 뭐다 해서 바쁘게 보냈는지 상당히 지친 얼굴들이었다.

아무나에게 말을 걸면 욕먹기 딱 좋은 상황.

준영은 헤드셋을 끼고 이것저것 지시하는 인물이 눈에 들어왔다.

'조연출인가?'

한참 지시를 하다 잠시 쉬려는 듯 헤드셋을 벗는 순간 준영은 다가갔다.

"음료수 하나 드세요."

"어? …고마워 …요. 누구……?"

시기적절한 타이밍이라 딱히 화를 내진 않았다.

준영은 몰랐지만 그에겐 쉽게 대할 수 없는 특유의 분위기가 있었다.

예전 가상현실에서 대기업 회장이었을 때처럼 행동하려 노력했던 것이 서서히 몸에 배이고 있었던 것이다.

"오늘 출연하는 하트홀릭 매니접니다. 고생하시는데 이거 나눠 드세요."

"아하~ 하트홀릭. 잘 먹을게요."

"다음엔 더 좋은 걸로 가져오겠습니다."

물론 하트홀릭을 방송국에서 불러준다면 말이다.

준영은 금방 돌아섰다.

미적거려 봤자 휴식을 방해하는 방해꾼일 뿐이었다.

다시 하트홀릭에게 가려는데 다가오는 남자 아이돌 그룹이 보였다.

'MoB!'

Men or Boys의 약자로 요즘 뜨고 있는 핫 한 아이돌이었다. 준영은 여학생들이 생각나 사인을 받아볼까 하다 뒤에 보이는 매니저 때문에 마음을 접어야 했다.

"안녕하세요, 선배님!"

준영을 보고 가요계 선배라고 생각해 넙죽 인사를 하는 MoB.

준영은 늙어 보인다는 슬픈 사실보다 선배라고 불린 것이 더 좋았다.

"아! 안녕. 너희들이 MoB지? 요즘 너희들 노래 너무 좋더라."

"감사합니다!"

"형네 조카들이 너희들 사인 꼭 받아달라고 했는데 말이야… 너무 바빠 보여서 그런 부탁하는 것도 미안스럽다."

"아, 아닙니다. 영광입니다."

MoB가 매니저를 쳐다보자 매니저는 이런 경우를 위해 준비해 둔 사인지를 몇 장 준영에게 건넸다.

"고맙다. 다음에 형이 밖에서 보면 밥 한 끼 살게."

"네! 선배님!"

준영은 일일이 어깨를 두드려 주며 걸어갔다. 매니저의 눈에 '누구지?' 라는 의문이 보였지만 워낙 뻔뻔하게 행동한 터라 그저 고개만 갸웃거릴 뿐이었다.

방송이 시작됐다.

분주해진 건 각 대기실이었다.

"하트홀릭, 10분 전입니다! 준비하세요! 뒤이어 도파민이니 준비하시고요!"

스텝 중 한 명이 문을 열고 소리쳤다.

대기실은 순간 어수선해지고 허둥지둥대는 형석의 모습이 보였다.

"형들! 즐기다 오세요! 파이팅!"

준영은 과장되게 큰 소리로 외치며 손을 불끈 쥐어 보였다.

"…그래! 즐기다 오마!"

창욱이 빙긋 웃으며 말했고 뒤이어 형석이 평소처럼 기타를 들고 까불거렸다.

"방송이라고 다를 게 뭐 있겠냐? 스토커, 잘 봐라. 형들이 어떻게 노는지."

준영은 일일이 하이파이브를 하며 하트홀릭을 배웅했다.

도파민만 남은 대기실. 준영은 도파민에게도 파이팅을 외치고 대기실을 나왔다.

'어디가 좋을까?'

무대 뒤에서 두리번거리다 우측에 스텝들이 많은 곳으로 주변에 널린 장치 중 하나를 들고 갔다. 그리고 맨 뒤에 서서 무대를 보았다.

"이번 무대는 최근 음원 차트를 강타했던 분들이죠?"

"누구신데요?"

"린지 씨도 노래를 들어보면 아실 거예요. 어마어마한 연주 실력과 노래 실력을 갖추신 분들이죠. 아마 듣자마자 팬이 되고 말 거예요."

"빨리 보고 싶어요! 어서 소개해 주세요."

"그럴까요? 자, 소개합니다! 여러분의 심장을 훔칠 하트홀릭!"

박수는 흘러나왔지만 방청석은 시큰둥한 반응이었다. 하긴 대부분이 아이돌 그룹의 팬들이니 당연하리라.

하트홀릭이 나타났다. 그때…

"하트홀릭 오빠! 꺄아아아아아!"

제법 앞줄에 앉은 다섯 여학생이 플래카드를 길게 들고 소리를 질렀다.

준영은 만족스럽다는 듯 고개를 끄덕이다 플래카드를 보고는 인상을 썼다.

'하트홀릭 사랑해요!' 라고 적힌 옆에 하트홀릭의 사진이 프린트되어 있었는데 그곳에 'MoB는 더 사랑해요!' 라고 괴

발개발 적혀 있었다.

어쨌든 소녀들의 응원 때문인지 하트홀릭의 공연은 괜찮게 끝을 맺었다.

방송이 끝나고 하트홀릭과 술 한 잔 마신 준영은 기분 좋게 집으로 향하고 있었다.

노래를 시작할 때와 달리 끝날 때는 아이돌만큼은 아니지만 박수도 제법 받았기에 하트홀릭은 굉장히 싱글벙글이었다.

게다가 플래카드를 든 소녀 팬들이 있었다는 사실에 형석은 세상을 다 가진 듯 행복해했기에 차마 돈 주고 아르바이트 시켰다는 얘기는 하지 못했다.

"즐거운 일이 있으신가 봐요, 안 사장님?"

집이 보이는 언덕길을 올라가는데 옆 골목에서 세 명의 남자가 불쑥 튀어나왔다.

준영은 깜짝 놀랐다. 하지만 그들의 얼굴을 보고는 표정이 딱딱하게 굳었다.

허유한과 건들거리는 두 명의 남자는 준영이 겁을 먹었다고 생각했는지 웃음이 더욱 짙어졌다.

"…허 팀장님이 여긴 웬일이십니까?"

"사장님을 뵙고 싶은데 도무지 뵐 수가 있어야죠. 그래서 실례인 줄 알지만 이렇게 찾아왔습니다."

"곽 변호사님과 얘기하라고 말씀드렸을 텐데요?"

준영은 서서히 커져 가는 화를 억누르며 말했다.

"했습니다. 다만 이제 사장님과 얘기를 하고 싶어서 이러는 겁니다."

"알겠습니다. 그럼 내일 회사로 찾아오시죠."

"훗! 내일은 안 바쁘십니까?"

허유한이 비꼬는 듯 말했다.

"네, 내일 오세요."

"그럼 꼬오오옥 내일 뵙죠."

'꼭'이라는 말을 무척이나 강조하는 허유한이었다. 준영을 스쳐 지나가던 허유한이 아직 할 말이 남아 있는 듯 돌아서서 말했다.

"참! 이런 곳에 사시는 줄 몰랐습니다. 밤길이 무척 위험해 보입니다. 아까 집으로 누님인지 여동생인지 들어가던데 꽤 위험해 보였습니다. 그럼 내일 뵙죠."

준영은 내려가는 허유한 일행을 바라보고 있었다.

누가 보더라도 담담한 얼굴.

꽉 쥔 그의 두 손이 부들부들 떨고 있지 않았더라면 화가 났다는 것조차 몰랐을 것이다.

"감히……! 버러지 같은 것들이 협박을 해!"

가상현실에서 준영은 위협이 되는 건 싹이 나기도 전에 밭 전체를 갈아버렸었다.

하지만 아직 이곳에서는 많은 게 부족했기에 가급적 피해 가려 했던 것이다.

게다가 상장에 대한 욕심이 없었다고는 할 수 없었다. 그 때문에 확실히 거절을 하지 못한 자신의 잘못도 분명히 있었다.

한데 허유한의 마지막 말이 그의 옛 성격을 다시 불러일으킨 것이다.

"내가 너희들을 잡아먹어 주지!"

어두운 언덕길에서 준영은 한참 동안 서 있었다.

*　　　*　　　*

다음 날, 준영은 허유한을 만났다.

"좋습니다. 진행을 하죠."

"잘 생각하셨습니다."

허유한은 역시 주먹이 때론 더 큰 힘을 발휘한다는 걸 새삼 깨달으며 승자의 표정을 짓고 있었다.

하지만 준영의 말은 끝나지 않았다.

"한 가지만 고치죠."

"어떤 걸……?"

"이제부터 코스닥 시장 상장 요건을 맞추다 보면 우리 회사의 가치 또한 변하게 마련입니다. 그러니 서류 상의 가치는 변할 수 있다는 걸 명시하겠습니다. 물론 큰 투자가 없는 이상 크게 변할 것은 없겠지만요."

"…그렇게 하죠."

준영은 중소 앱 개발사 지원 중앙회와 계약서를 작성하고 사인을 했다.

"잘 부탁드리겠습니다."

"최선을 다하겠습니다."

준영과 허유한은 악수를 했다.

서로의 발톱을 숨긴 채로.

허유한이 돌아가고 준영은 직원들을 한곳으로 불러 모았다. 그리고 상장에 대한 얘기를 꺼냈다.

"지금부터 할 일이 많을 겁니다. 이제 몇 달 안 된 분들이라 상장 후에 여러분의 몫은 없지만 보너스는 입사일을 기준으로 넉넉히 지급될 겁니다. 오늘부터 제가 지시하는 일을 우선 처리해 주시기 바랍니다."

"네에!"

상장이라는 말이 한동안 오가다보니 직원들 중 상장을 하면 떨어질 떡고물을 생각하는 이들도 있었다.

하지만 최고 오래된 사원이 고작 세 달인데 바란다면 웃기는 얘기였다.

물론 준영은 가장 먼저 입사한 배정철, 김정희, 최영식에게는 더 많은 배려를 할 생각이었다.

"배정철 팀장님."

"네."

"일단 회사 규모를 늘려야 합니다. 작년 이익금과 올해 이익금을 합쳐 자본금 100억 원의 회사로 만들 생각이니 처리해 주세요."

"알겠습니다."

"김정희 씨는 KRX 한국 거래소에 전화해 상장 요건에 대해 문의해 제가 나가기 전에 주세요."

"네."

"최영식 씨는……."

준영은 직원들 한 명 한 명이 할 일을 지시했다.

"전 오후에 제주도로 갈 생각입니다. 지시할 상황은 회사 인트라넷에 계속 올릴 테니 그대로 따라주면 고맙겠습니다."

지시를 마친 준영은 사장실로 들어가 제주도행 비행기를 예약하고 서류를 준비하기 시작했다.

5장

두 가지를 동시에

점심도 거른 채 준영이 준비한 서류는 백팩을 가득 채울 정도였다.

준비를 마친 준영은 바로 공항으로 가 비행기에 올랐다.

'과연 옳은 일일까?'

제주도행을 결정한 건 진호천을 만나기 위해서였다.

그의 계획을 완성하기 위해선 권력, 무력, 재력을 갖춰야 했는데 준영이 아는 한 그것을 모두 갖춘 인물은 진호천과 그의 형인 진 대인뿐이었다.

한데 문제는 진호천이 만만한 인물이 아니라는 것이다.

여우를 쫓으려다 호랑이를 옆에 두어야 할 수도 있는 일이었다.

'일단은 여유부터다!'

지금 호랑이의 공격까지 생각하기엔 무리였다.

제주도에 도착한 준영은 진호천에게 전화를 걸었다.

―전화라도 한 번 할 줄 알았더니 지금까지 안면 몰수하던 네놈이 웬일이냐?

"나름 바쁘게 지냈습니다."

―게임 만든다고 바빴겠지. 그럼 계속 바쁘게 지내도록 해라.

준영은 진호천이 자신에 대해 조사를 하고 있었다는 걸 알 수 있었다.

하지만 그렇다고 기분이 나쁠 건 없었다. 오히려 말하기가 더 쉬워졌으니 좋다고 해야 할 것이다.

'그나저나 이 아저씨가 이런 캐릭터였나?'

장난기 가득한 말투에 잠깐 의문이 들었지만 전화가 끊기기 전에 말을 했다.

"사업적으로 할 얘기가 있습니다."

―…사업? 네깟 놈하고 무슨 사업. 일단은 듣기는 해야겠지. 오너라.

"네, 지난번처럼 너무 많이 준비하지는 마십시오."

―뭐, 뭐? 내가 왜 네놈…….

뚝! 뚜우뚜우~

준영은 택시를 타고 진호천의 집으로 향했다.

능령과 올 때는 몰랐는데 저택 초입부터 경비가 무척이나 삼엄했다.

몸수색까지 끝마치고 좀 걸어 올라가자 진호천이 별장 앞에 서 있는 것이 보였다.

"안녕하셨습니까, 진 대인."

"가증스러운 놈. 전화를 끊을 땐 언제고 이제야 예의 바른 척이라니."

"통신 상태가 안 좋았을 뿐입니다."

"시끄럽다, 이 녀석아! 네 말대로 적당히 준비해 뒀으니까 식당으로 가자."

진호천을 따라 식당으로 가자 의외의 인물이 앉아 있었다.

"잘 지냈어요, 누나?"

"준영아, 오랜만이네."

능령이었다.

"여긴 어쩐 일이세요?"

"나야 삼촌 만나러 왔지. 그러는 넌 웬일이니?"

"사업상 할 얘기가 있어서 왔어요."

"사업은 무슨… 돈이나 투자해 달라고 왔겠지."

"안 들으면 후회하실 텐데."

"후회 안 해! 헛소리 말고 먹기나 먹어."

적당히 차리라고 했건만 혼자 먹기엔 여전히 많은 양의 음식이 식탁에 차려져 있었다.

점심을 건너뛰어 배가 고파 허겁지겁 먹는데 두 사람이 그런 자신을 빤히 쳐다보고 있으니 부담스러웠다.

준영은 백팩에서 서류를 꺼내 진호천에게 건넸다.

"성심미디어의 현 상황과 향후 3년까지의 예측, 그리고 주식 상장 후에 예상 가격입니다."

"말로 설명하면 될 것을……."

진호천은 투덜거리면서도 서류를 넘기고 있었다.

"나도 봐도 돼?"

"누나도 편히 보세요."

두 사람이 서류를 볼 동안 준영은 식사를 계속했다.

식사를 마쳤지만 두 사람은 여전히 서류를 진지하게 넘기고 있었다.

준영은 차를 마시며 검토가 끝날 때까지 기다렸다.

"어떠세요?"

"복잡해. 한데 이 서류 누가 작성한 거냐?"

"제가요."

"거짓말하지 말고. 능령아, 니가 보기엔 어떠냐?"

"당장 분석실 팀장으로 앉혀도 될 정도예요. 꽤나 냉철하게 판단해 놓았죠."

"들었지? 나도 웬만한 서류를 수없이 봐왔지만 이 정도 분석력을 가진 보고서는 별로 본 적이 없다. 그러니 네가 작성

했다고 믿을 수가 없지."

"낯 뜨겁게 만들지 마세요. 제 회사니까 잘 알아서 그런 것뿐이니까. 그리고 그 정도 분석하는 사람은 널리고 널렸어요."

"그렇게 널린 사람 중 한 명만 소개시켜 줘. 내가 당장 거금으로 스카우트할 테니까."

그저 예전 세상—가상현실—에서 받았던 서류를 흉내 내본 것이다.

물론 거기에 자신의 생각과 분석을 담았지만 두 사람이 저렇게 말할 정도로 훌륭한 보고서와 계획서는 아니라고 준영은 생각했다.

"알았어요. 그냥 제가 잘났다고 하죠. 그럼 그 보고서를 보고 투자할 마음은 생기셨습니까?"

"단점도 있었군. 성격이 급해. 이제부터 생각을 해봐야지. 그런데 투자 받을 금액이 나와 있지 않아."

"투자 받을 게 많거든요. 물론 거기에 대한 수익은 충분히 고려하고 있습니다."

"알았네. 일단 방에서 좀 쉬고 있게."

"네."

식당에서 나온 준영은 집사에게 방을 안내받았다. 하지만 자지 않고 바로 밖으로 나왔다.

시가 타임이었다.

하늘로 올라가는 연기를 보며 준영은 중얼거렸다.

"오래 걸리겠지?"

3일을 생각하고 왔지만 결정하는 데 더 오래 걸릴 수도 있음을 준영은 알고 있었다.

물론 빨리 결정할 수 있도록 하기 위해 많은 떡밥을 준비했다. 하지만 떡밥은 적게 줄수록 좋았다.

그 떡밥이 고스란히 자신의 이익이었으니까.

'수영 씨나 만나러 갈까?'

도움 제주도 본사에 있는 지수영이 생각났지만 곧 고개를 흔들었다.

마음을 정리하고 떠난 여자를 보러 가는 건 쿨 한 것이 아니라 추한 것이라는 게 준영의 생각이었다.

"춥네. 들어가자."

따뜻한 남쪽 나라 제주도도 겨울엔 추웠다.

"괴물 같은 놈이야. 괜찮다고 들었지만 이 정도일 줄은 생각도 못 했군."

"오래전부터 준비했을 수도 있죠."

"그럴 수도 있겠지. 한데 2년 정도만 기다리면 상장이 그냥 될 텐데 왜 이렇게 서두르는 걸까? 돈이 급해 보이지는 않았는데 말이야."

진호천이 보기에 준영은 뭔가를 서두르는 것 같았다.

"좋지 않은 일이 생긴 게 아닐까요? 그는 결코 서두르는 성격이 아니거든요. 삼촌을 찾아온 걸 보면 그럴 가능성이 높아요."

"그 녀석이 나에 대해 안다고? 네가 말해준 거냐?"

"그럴 리가요. 그냥 그런 느낌이었어요. 지난번에 마지막 수업을 하면서 꽤나 이상했거든요."

"뭐가?"

"아, 아니에요. 그냥 느낌이 그랬다구요."

자신을 마치 오래전부터 알고 있었던 사람처럼 대했다는 말을 하기에는 괜스레 부끄러웠다.

"나중에 말해보면 알게 될 테니 그 문제는 접어두도록 하자. 일단 투자를 하느냐 마느냐 하는 게 중요하니 그것부터 정하도록 하자."

"벌써 정하신 거 아니에요?"

"왜 그렇게 생각하느냐?"

"삼촌은 이미 결정하신 일만 저한테 묻잖아요."

"그랬나?"

진호천은 쑥스러운 듯 머리를 긁적거리며 말했다.

"그래도 네 생각을 듣고 싶구나. 내가 형님과 달리 이런 일엔 영 재주가 없지 않느냐. 네 생각엔 어떠냐?"

"투자할 거예요. 그리고 저도 그에게 얻어야 할 것이 있어요."

"아! 적외선 기술 말이구나."

"네, 안 그래도 아빠가 그 기술에 대해 언급을 하셨거든요. 설마 준영이가 그걸 만들 줄은 꿈에도 생각하지 못했어요."

"하하핫! 녀석에게 뜯어내야 할 것이 많구나."

"쉽게 주지는 않을 거예요."

"쉽게 주면 재미없지. 녀석의 능력이 얼마나 될지 궁금하거든."

짓궂은 표정을 짓는 진호천을 본 능령은 한편으로 준영이 좀 불쌍하다는 생각이 들었다. 그가 저런 표정을 지을 때마다 상대를 얼마나 못살게 구는지 잘 알고 있었기 때문이었다.

물론 능력이 없는 사람에겐 절대 하지 않는 장난이라는 것도 알았다.

그래서 다른 한편으론 준영이 삼촌에게 인정받는 것이 은근히 기뻤다.

'내, 내가 무슨 생각을……!'

한동안 멈춰 있던 준영을 생각하는 능령의 마음이 다시 움직이고 있었다.

*   *   *

지독한 만만디 늙은이!

진호천에 대한 준영의 평가였다.

어제 저녁을 먹고 시작한 투자에 대한 얘기는 12시까지의 대화에도 끝을 내지 못했다.

그리고 토요일 아침 먹고 네 시간, 점심 먹고 네 시간을 얘기해도 대화는 여전히 제자리였다.

준영은 그동안 준비했던 떡밥을 뿌리지도 못했다.

일단 투자를 한다고 해야 얘기가 진행될 텐데 결정 날 것 같으면 차 마신다고 시간을 지체했고, 밥 먹자며 결정을 유보하고 있었다.

'망할 늙은이! 어차피 줄 거였으니 준다. 줘.'

저녁을 먹고 차를 마시며 다시 시작된 대화 시간.

준영은 결국 먼저 한발 물러서기로 했다.

"투자금 500억과 주식 10퍼센트와 맞교환……."

"20퍼센트 아니면 안 한다니까."

"끝까지 들어주세요. 투자금 500억은 상장 후에 바로 돌려드릴 겁니다. 그러면……."

"돌려줄 거라면 20퍼센트 줘도 되잖아?"

이런 식이었다. 아주 사람 맥 빠지게 하는 데 일가견이 있었다.

점심 때 준영은 진호천이 장난을 치고 있다는 걸 눈치챘다. 하지만 패를 숨긴 상태에서는 그 장난을 깨뜨릴 수가 없었다.

이젠 떡밥을 던지기로 한 이상 설득이 아닌 사기를 쳐야 했다.

"500억을 투자하면 공모를 하기 전에 750억을 드리고, 주식 상장 후에 500억을 되돌려 드리죠."

"…말해봐."

"투자는요?"

"아직 고민 중이야. 어떻게 750억을 줄 건지 말해야 타당성을 파악해 볼 거 아냐?"

"지금 성심미디어를 노리는 놈들이 있어요. 평가절하 해서 집어삼키려는 작자들이죠. 그놈들에게 한 방 먹이고 돈을 가로챌 겁니다."

"오호라, 좀 더 설명해 봐."

차를 마시며 뻐딱한 자세로 있던 진호천이 처음으로 정면으로 마주 보고 있었다.

준영은 일본계 자금이 회사를 노린다는 것부터 상세히 설명하기 시작했다.

"…그렇게 주식 30퍼센트를 넘겨줄 때 1,500억을 꿀꺽하는 거죠. 증거도 남지 않을 뿐더러 명백히 자신들의 실수이니 트집을 잡을 수도 없죠."

"그렇다고 해도 그들이 가만히 있으리라는 보장이 없잖아?"

"저에게까지 의심이 올 염려는 없지만 만약의 사태를 대비해 가족 주위와 제 주위에 몇 명만 배치해 주시면 돼요."

"실패하면?"

"실패하면 어쩔 수 없죠. 고위험, 고수익이라는 말 아시잖아요? 원금에 위로금만 조금 더해 드리죠."

"음……."

진호천이 생각에 빠지자 지금까지 얌전히 차만 마시던 능령이 물었다.

"실패하면 적외선 기술도 넘어가는 거야?"

"아뇨, 다음 주에 적외선 응용프로그램은 별도로 분리할 겁니다. 성심미디어는 그 기술의 특허료를 내고 사용하는 셈이죠."

"특허권자는 너일 테고… 특허료는 얼마나 되지?"

"매출의 5퍼센트요."

"비싸네."

"글쎄요, 이미 편해져 버린 사람들이 군이 불편한 적외선 키보드나 마우스를 사용하고, 스마트폰을 두드리려고 할까요? 게다가 응용하는 방식에 따라 예전 온라인 게임이라 불리던 시대를 되돌릴 수도 있을 텐데요?"

가상현실 게임이 나오면서 대부분의 온라인 게임은 사장되었다.

그나마 살아남은 것이 스마트폰을 이용한 앱 게임인데 입력 방식의 한계와 화면이 작다는 단점 때문에 만들어지는 게임의 한계가 있었다.

한데 그 한계를 넓혀주는 방법이 나왔으니 새로운 게임이 쏟아질 가능성이 높았다.

물론 준영의 말은 과장된 면이 많았다.

하지만 새로운 입력 방식이 나오기 전까지 적외선 응용프로그램은 수요가 있을 게 분명했다.

능령과 얘기를 하고 있는데 생각을 마친 진호천이 말을 했다.

"일단 네 녀석이 나에게 바라는 것을 정리해 보마. 500억을 투자하고, 1,500억을 자금 세탁하고, 야쿠자로부터 널 보호해야 한다. 맞느냐?"

"한 가지 더 해주셨으면 하는 것도 있는데 일단은 맞다고 하죠."

"그런데 내가 가지는 건 고작 750억이냐?"

"750억이 언제부터 고작이에요? 그리고 더 벌 수 있는 방법이 있잖아요."

"있다고?"

"주식의 가치가 500억이 넘어가면 안 돌려주시면 돼요."

"그건 투자 이익이지!"

"명목상 투자죠. 무조건 500억은 보장 받으시는 거잖아요."

"어쨌든 난 부족하다고 생각된다."

다시 비스듬한 자세로 앉으며 차를 홀짝이는 그를 보니 한 대 쥐어박고 싶어졌다.

하지만 떡밥을 더 던져 줘야 할 때였다.

"1,000억 가지세요. 대신 소액주주 할 만한 500명만 뽑아 줘요."

"상장할 때 주식 분산 요건을 맞추려는 게로구나."

"예, 그리고 어차피 진 대인의 500억 원을 갚으려면 저도 주식을 팔아야 하거든요."

사실 준영에게 현금은 그리 많지 않았다.

몇 십억이 넘는 돈도 회사의 공금이고, 500억이다 1,000억 이다 하는 것도 주식을 팔았을 때나 만질 수 있는 돈이었다.

"생각해 보마."

"그러세요."

여기까지가 준영이 주려고 했던 떡밥이었다. 두 가지 더 줄 것이 있었지만 그것마저 다 주면 죽 쒀서 진호천의 배만 불려 주는 꼴이라 싫었다.

그래서 준영도 비스듬히 앉아 차를 마셨다.

묘한 신경전이 이어졌다. 준영은 아예 신경을 능령에게로 돌렸다.

"호텔 일은 어때요?"

"경험이 없어서 힘들긴 한데 재미있어."

"다행이네요. 언제 놀러 가도 돼요?"

"…물론이지. 한데 빨리 와야 할 거야."

"왜요? 무슨 일 있어요?"

"응, 누가 주식을 매입하고 있거든. 곧 적대적 인수 합병을 선언하고 공개 매수에 나설 거야."

"헐, 그런 일이 있었군요."

운명이 참으로 묘하다는 생각을 했다.

지(地)가 만든 세계에서 자신이 그녀를 공격한 것처럼 이 세계에서도 누군가가 그녀를 공격하는 모양이었다.

"어떻게 할 생각이에요?"

예전의 그녀라면 방어를 했을 것이다. 그렇게 되면 상당한 비용을 쏟아붓게 될 것이고 호텔을 지켜냈다고 해도 꽤 큰 손실을 입게 될 것이다.

"글쎄, 어느 정도 결정을 내렸지만 아직까진 고민 중이야. 사실 아빠에게 죄송해서 삼촌과 그 일을 상의하러 온 거야."

"혹시 자료 있어요?"

"응."

"볼 수 있을까요?"

능령이 서류를 가져왔다.

준영은 서류를 살펴보았다.

조금 이상했다. 능령이 경영하는 호텔은 흑자를 보고 있었지만 여느 호텔과 비슷한 수준이었다. 즉 적대적 인수 합병의 먹잇감으로는 부족해 보였다.

그에 비해 상대는 무리하게 주식을 사들이고 있었다. 덕분에 주가는 꽤 많이 오른 상태였다. 게다가 적대적 인수 합병을 선언한다는 소문이 퍼지고 있어 더욱 올라 있었다.

"방어할 생각인가요?"

"아니, 그쪽에 연락해 팔 생각이야. 아빠가 처음 맡긴 일인데… 종업원들이 걱정이긴 한데 어쩔 수 없지. 일단은 내가 살아야 하니까."

자신의 충고 때문인지, 이 세계의 능령이 실리적인지 모르지만 옳은 선택을 하고 있었다.

"잘 생각했어요. 한데 너무 걱정하지 말아요. 호텔은 무사할 거예요."

"응?"

"세상에 누가 이런 가격에 호텔을 인수하려 하겠어요. 한 사람을 제외하면 말이죠."

능령은 여전히 모르겠다는 표정이었다.

"수업은 여기까지… 해야겠죠, 진 대인? 사람 괴롭히는 게 집안 내력인……."

준영은 끝말을 흐렸다. 하지만 진호천이 발끈하는 걸 보니 들은 모양이다.

"뭐라고!"

"아무 말도 안 했어요."

준영은 시치미를 떼고 차를 마셨다.

능령은 내가 한 말을 곰곰이 생각하더니 내가 말하고자 하던 이가 누구인지 깨닫고는 묘한 표정을 짓고 있었다.

신경전은 여전했다.

시간은 쓸데없이 흘러가고 있었고 차를 너무 많이 마셔 입까지 씁쓸했다.

준영은 문득 자신의 현 상황이 짜증났다.

사실 중앙회 놈들에 대한 복수를 뒤로 미루기만 하면 이렇게 비굴하게 굴 것도 없었다.

성심미디어야 비싸게 팔아버리면 되는 일이었다.

너무 저자세로 나가서 두 가지마저 몽땅 빼앗길 바에야 복수를 뒤로 미루자는 게 그의 생각이었다.

"진 대인, 이번 일은 없었던 걸로 하죠."

"엥? 그게 무슨 말이냐."

"모든 게 귀찮아졌습니다. 그냥 야쿠자 놈들에게 1,000억쯤 받고 말랍니다. 공모하면서 돈 좀 벌고 상장되면 주식 팔아 벌고. 안 돼도 3,000억이 넘을 테니 편하게 살렵니다."

"……."

"번거롭게 해서 죄송합니다. 이번에 신세 진 건 꼭 갚도록 하겠습니다."

"너, 작전이지?"

진호천은 가소롭다는 얼굴로 물었다.

"아뇨, 진짠데요. 내일은 카지노나 가서 잠깐 놀다 서울에 올라가야겠어요."

"넌 카지노 출입 금지야. 너 같은 타짜를 어느 카지노가 받아주겠냐?"

"에잉! 그럼 내일 일찍 강원도나 가야겠어요. 전 쉬러 가야
겠습니다. 두 분, 편히 쉬세요."

준영이 일어나 나가려 하자 진호천은 준영의 진심을 파악
하려 했다. 그러다 능령을 보자 그녀가 어서 잡으라는 눈빛을
보내고 있었다.

'쩝! 성격도 지랄 같네. 조그만 더 몰아붙였으면 되는 건데
아깝군.'

"알았어. 투자할 테니 다시 자리에 앉아."

준영은 마음을 비우라던 옛 선인들의 말이 틀린 것이 없음
을 깨달았다.

"진짜죠?"

"그래, 난 일단 뱉은 말은 지키려고 노력하는 편이니까. 앉
아, 마음 변하기 전에."

"네네!"

준영은 자리에 앉았다.

"지금까지 말한 대로에 한 가지만 더 줘."

"거기서 뭘 더 줘요?"

"능령이가 적외선 그 머시기 하는 기술이 필요한 모양이니
쥐."

"싫습니다!"

"그깟 게 뭐라고……."

"성심미디어보다 더 값어치가 높은 겁니다."

프로그래밍에 빠져서 이것저것 배우다 기계어까지 배운 후 만든 프로그램이었다.

처음엔 준영도 크게 생각하지 않았다.

한데 '파이팅!' 이 출시가 되고 사람들이 게임에 열중하는 모습을 보고 그 중요성을 깨달았다.

"정말?"

진호천의 물음은 능령을 향해 있었다.

"아마도요. 하지만 5퍼센트는 너무 세요. 중국의 명천집단의 명천소프트 1년 매출이 얼마인 줄 알아요? 30억 달러가 넘어요. 앱 게임에만 적용한다 해도 매년 1,000억 원 정도를 로열티로 지불해야 한다는 소리죠."

"헐, 완전히 도둑이 따로 없구먼. 한데 네 녀석 생각처럼 될 것 같으냐? 중국이 그런 특허를 인정할 것이라는 생각을 버려라. 보물도 누가 가지고 있느냐에 따라 가치가 다른 법이다."

진호천의 말에 준영은 씨익 웃어 보였다.

"징그럽게 왜 웃냐?"

"3퍼센트에 드리죠. 그리고 중국 내 판매 권리도 드리겠습니다. 5퍼센트에 팔고 저에겐 3퍼센트만 주시면 됩니다."

"……!"

"맞는 말씀입니다. 힘없는 사람이 보석을 가져 봐야 뺏기

기밖에 더하겠습니까. 그러니 보물은 명천에서 관리하고 과실은 저에게 나눠 주세요. 물론 성심미디어의 게임들도 퍼블리싱 해주시면 더 고맙고요."

준영이 진호천을 찾아온 것은 성심미디어에 대한 문제를 해결하기 위해서였다.

하지만 비행기에서 진호천의 뒤에 있는 명천집단에 적외선 응용프로그램을 팔 수 있지 않을까 막연히 생각을 하게 되었다.

그리고 도착했을 때 능령을 보며 가능하다는 생각을 했고 그녀와 대화를 하며 구체화시켰다.

이젠 싹이 텄다. 싹이 자라 나무가 되면 그때 과일을 따 먹으면 됐다.

사실 적외선 응용프로그램은 계륵이 될 가능성이 높았다.

적외선 입출력장치 특허를 가진 기업들이 특허 소송을 내면 꽤나 곤란을 겪었을 것이다.

하지만 명천집단이 뒤에 있다면 상황은 충분히 달라질 수 있었다.

준영은 진호천과 능령을 보며 싱글거리고 있었다.

* * *

성심미디어의 자기자본이 600억이 되고 주식 수는 액면가 5,000원으로 1,200만 주가 되었다.

상장 요건인 '설립된 지 3년 이상'이라는 조건을 맞추기 위해 이름뿐인 앱 게임업체와 합병을 했다. 또한 대지가 넓지 않은 5층 건물을 샀고 직원들은 15명으로 늘었다.

성심미디어의 변화와 함께 준영에게도 자잘한 변화가 있었다.

수능 점수가 나왔고, 대학 접수를 했고, 면접을 봤다.

합격을 하고 오리엔테이션이 있었지만 갈 시간조차 없었고 입학식이 있었다.

여전히 추위는 가시지 않았지만 대학 캠퍼스는 새로운 새내기들로 이미 봄날이었다.

예비역―제대한 사람―들은 아직 멋모를 새내기들을 꾀기 위해 노력했고, 새내기들은 공부의 굴레를 벗어나 자유를 만끽하고 있었다.

고구려대학교 정보대학 컴퓨터학과 1학년 과 대표인 한울은 교수님이 나가자마자 소리쳤다.

"할 말 있으니까 아무도 나가지 말고 앉아봐요!"

교탁으로 달려간 한울은 역시나 빨리 소리치길 잘했다고 생각하며 다시 입을 열었다.

"문 열고 계신 분, 문 닫아주시고 자리에 앉아주세요."

무표정한 얼굴의 학생은 반론이 없는지 문을 닫고 제자리로 가 앉았다.

'아, 저 사람 이름이 기억이 안 나네.'

과 대표로 가장 먼저 학생들의 이름을 모두 외운 한울은 가장 먼저 나가려 했던 이의 이름을 기억하려 했지만 도무지 떠오르지 않았다.

오리엔테이션은 물론이고 어떤 행사에도 참여하지 않아 불러본 적이 없으니 잊는 건 당연했다.

그저 어렴풋이 예비역이고 나이가 많다는 것만 기억날 뿐이었다.

"내일이 학과 MT 가는 날인데 아직 회비를 내지 않은 사람들이 있어요. 참여 안 할 생각인지, 잊은 건지 모르겠지만 불참은 없다고 선배님들이 그랬거든요. 학교생활 편하게 하려면 꼭 오라는 선배님도 계셨으니 참여하시는 게 좋을 거예요. 그럼 내일 아침 8시까지 운동장에 집합해 주세요. 그리고 지금 호명하는 분들은 회비를 내주세요. 문가철, 안준영, 정찬우 학우⋯⋯?"

한울은 명단을 보고 부르다 아까 그 학생 이름이 안준영이라는 걸 알 수 있었다.

한울은 강의실을 돌며 MT비를 받았고 준영에게 다가갔다.

"준영이 형이시죠? 회비⋯⋯."

말이 끝나기도 전에 준영은 돈을 건넸다.

"여기. 한데 꼭 참석해야 돼?"

"바쁘면 후발대로라도 꼭 오셔야 해요."

"후발대?"

"네, 교수님과 선배님들 중 나중에 오시는 분들이 계시거든요. 운동장에 2시까지는 도착해야 할 거예요."

"아! 그래도 안 되겠다. 정말 가고 싶은데 말이야."

한울이 보기에도 지금까지의 무표정한 얼굴과 달리 정말 가고 싶어 하는 얼굴이었다.

"그럼 가요, 형."

"하아~ 그래도 안 돼. 일을 마무리하는 날이거든. 어쩔 수 없이 다음에 참석해야지."

'아르바이트라도 하나보네.'

한울은 준영이 아르바이트를 한다고 생각했다.

"정보 고맙다, 한울아."

"네? 네, 다음에 봬요."

학과에 전혀 관심이 없는 사람이라 자신의 이름도 모를 줄 알았는데 의외였다.

자신도 모르게 인사를 꾸벅한 한울이 고개를 들었을 때 그는 이미 사라지고 없었다.

강의실을 빠져나온 준영은 구레나룻을 긁적이며 중얼거렸다.

"MT 가고 싶은데……."

준영에게 대학교란 낭만의 장소였다.

놀고, 놀고, 또 놀아야 하는 곳.

학점은 중요하지 않았다.

다른 학생들과 달리 학점보다 어느 대학 졸업이라는 스펙을 쌓기 위한 것이 온 것이니 마음껏 놀 생각이었다.

시험 걱정은 없었다.

1학년 때 배우는 책은 이미 머릿속에 고이 보관되어 있었다.

대학 생활을 즐기는 데 걸림돌이 된 건 역시나 코스닥 상장 때문이었다. 그나마 노력한 덕분에 상장 요건을 모두 맞춰놨고 내일이면 끝이었다.

끝나면 무조건 대학 생활을 즐길 생각이었다.

벤치에 앉은 준영은 여느 학생들처럼 스마트폰을 꺼내 문자를 쳤다.

─대지 형, 다 됐어?

─왜 그리 보채! 조금만 더 기다려!

─형이 만든 노래 중 대충 쓸 만한 거 보내.

─아무렇게나 뚝딱 만들면 되는 게 아냐! 내가 모르는 가수라 시간이 걸리는 거니까 더 이상 아무 소리 말고 기다려. 니가 음악에 대해 알아? 모르면 말을 마러!

준영은 지(地)의 문자를 보고 피식 웃었다.

일의 시작은 하트홀릭 형들의 노래를 들은 언더그라운드 가수가 자신에게도 곡을 만들어달라는 부탁을 형석에게 하면

서부터였다.

형석은 그 여가수에게 반해 버렸고, 덥석 만들어준다고 약속을 해버린 것이었다.

그 날벼락은 결국 준영의 몫이 되었다.

바쁘다고 안 된다고 했지만 형석이 울고불고―진짜 울지는 않았다― 매달리는 바람에 어쩔 수 없이 떠맡게 되었다.

준영이 정확하게 기억하고 있는 노래는 하트홀릭의 곡들뿐이었다. 나머지는 그냥 웅얼거리는 정도였다.

그러니 작사를 해주고 싶어도 해줄 수가 없어서 거절하려했다.

그때 준영이 살았던 가상현실을 만든 지(地)라면 가능하지 않을까 하고 물어봤고, 그의 취미가 작곡임을 알게 되었다.

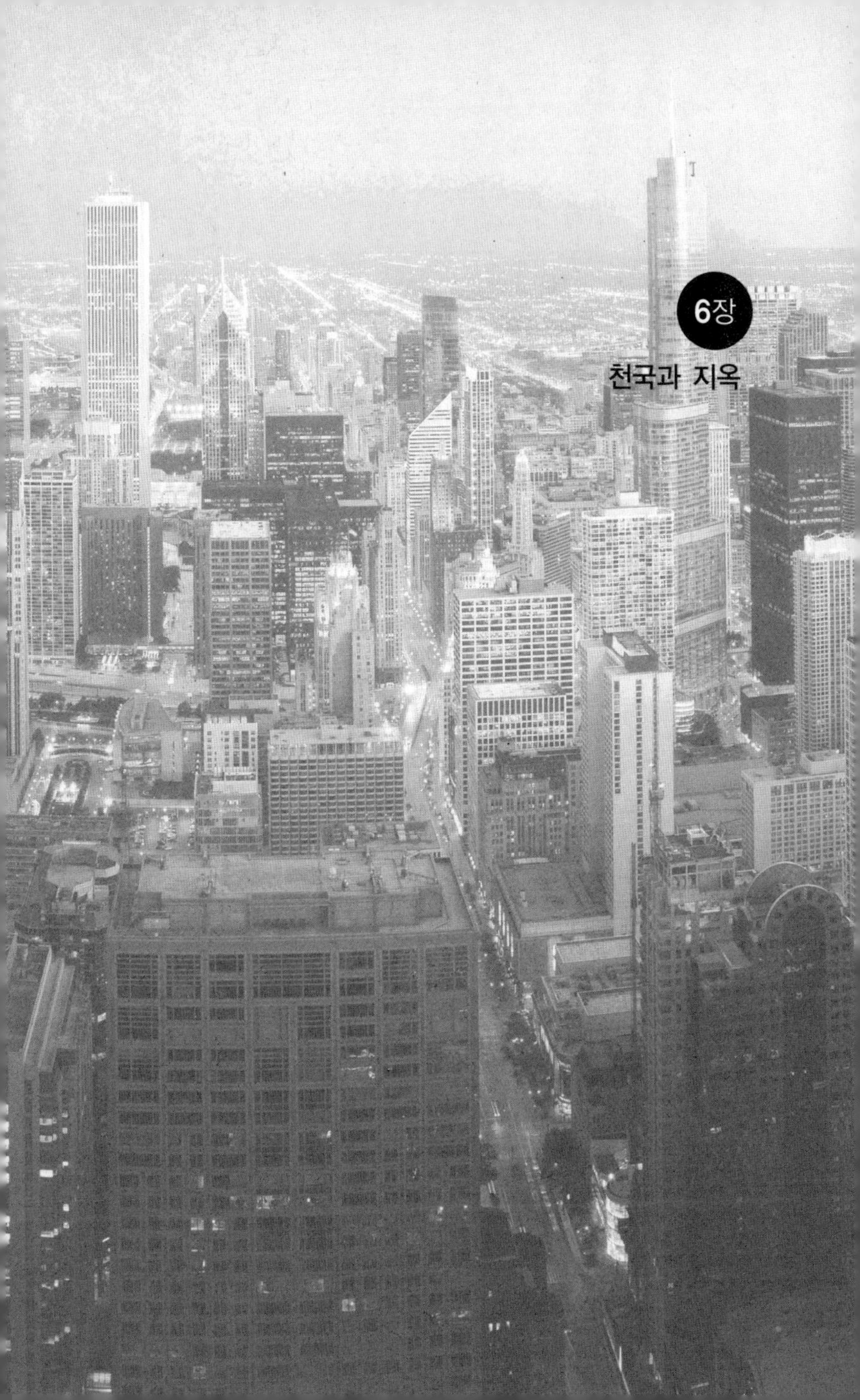

6장

천국과 지옥

문제는 그가 너무 몰두를 한다는 것이었다.

여가수에 대해 알아내 그녀의 음악을 듣고 목소리에 맞는 노래를 만든다고 벌써 보름째 매달리고 있었다.

물론 준영도 급하지 않았다. 약속한 시한도 아직 한 달이 넘게 남았으니 말이다.

다만 그의 반응을 보는 것이 좋아 하루에 한 번씩 문자를 보내고 있었다.

벤치에 앉아 잠시 햇볕을 쬐며 광합성을 하는 것이 준영의 하루 중 유일한 휴식 시간이었다.

"이제 가볼까."

10분 남짓 앉아 있던 준영은 벤치에서 일어났다.

교문으로 향하던 준영의 눈에 선남선녀 커플이 눈에 띄었다.

그중 남자를 보고 준영은 걸음을 멈췄다.

남자도 마찬가지였다. 준영을 보고 놀란 눈이 되어 쳐다보고 있었다.

둘은 동시에 소리쳤다.

"신민혁!"

"준영이 형!"

준영과 민혁은 악수를 하고, 어깨를 맞대고 가볍게 서로의 등을 두들겼다.

민혁에게 배운 인사법이었다.

"한국말도 이젠 제법이네?"

"공부 열심히 했거든요. 그래서 얻은 결과물. 헤헤!"

여자를 가리키며 민혁은 준영만 들릴 정도로 낮게 중얼거렸다.

민혁의 여자 친구와 간단히 인사했다.

그 후 민혁은 여자에게 양해를 구한 후 준영과 잠시 커피 타임을 가졌다.

"저렇게 놔둬도 되냐?"

준영은 민혁과 조금 떨어진 곳에 서 있는 여자를 보며 말했다.

"괜찮아요. 저한테 푹 빠진 애거든요. 한데 형은 여기 웬일이에요? 형이 다닌다는 학교가 여긴 아니었던 것 같은데……."

"나, 올해 여기 입학했다."

"엑! 진짜요?"

"응, 근데 넌 여기 웬일이냐?"

"여친이 여기 다녀요. 그리고 전 바로 요 옆에 있는 경희대 다니고요."

민혁은 경희대에 입학할 실력이 되지 않았다.

하지만 기여 입학제가 있었다.

2000년대 초반에 각 대학이 기여 입학제를 천명하였지만 교육부의 반대로 무산되었다.

그렇다고 돈 되는 일을 대학이 하지 않을 리 없었다. 대학은 기여 입학을 어느 정도 음성적으로 하고 있었다. 그러다 2030년 결국 기여 입학제 도입에 성공하였다.

취지는 가난한 학생들에게 주는 장학금을 늘이기 위한 방편이라고 했지만 결국은 대학 배를 불리기 위한 방편에 불과했다.

각설하고 준영은 기여 입학제에 대해 거부반응은 없었다. 그래서 민혁의 대학 입학을 진심으로 축하해 주었다.

"축하한다."

"형 덕분에 정신을 차린 거죠. 그나저나 형은 요즘 잘나간다면서요?"

"뭔 소리냐?"

"엄마가 그러던데요. 조만간 준재벌 될 거라고. 형 보면 친하게 지내라고 누차 얘기하시던데요."

일반인들은 잘 모르지만 성심미디어는 최근 꽤 많이 신문지 상에 오르내렸다.

500억의 투자를 받은 것부터 시작해서 내일 있을 1,500억 규모의 주식양도, 그리고 뒤이어질 주식 공모, 주식 상장까지.

경제에 관심이 있는 사람들 중 성심미디어를 모르는 사람은 극소수에 불과할 정도였다.

500억 투자 받은 것을 제외하곤 다 중앙회에서 손을 쓴 덕분이긴 하지만 말이다.

"준재벌은 무슨. 그냥 돈 좀 버는 거지. 참! 나에 대한 얘기는 네 여친에겐 비밀이다."

"왜요? 화려한 대학 생활을 즐기시면 좋잖아요. 여친 친구들 중에 괜찮은 애들 많아요."

"돈 많다고 자랑하고 다녀 봐야 꼬이는 건 날파리들뿐이야. 그냥 평범하게 즐기는 게 훨씬 재미있어."

"듣고 보니 맞는 말 같기는 하네요."

"돈 자랑할 일은 앞으로도 많아. 그런데 굳이 대학에서까지 그럴 필요는 없잖아. 재미난 일이 얼마나 많은데. 혹시 알아? 평생 갈 좋은 친구를 만나게 될지."

"…저도 그래야겠어요. 매일 만나는 녀석들만 만나니 좀
그래요."

"굳이 나를 따라 할 필요는 없어. 그저 즐거운 대학 생활
보냈으면 하는 마음에 말하는 거야. 잘 노는 애들 있으면 형
한테 소개도 시켜주고."

"킬킬! 알았어요."

민혁은 여자 친구가 기다리고 있고 준영도 회사로 가야 했
기에 길게 얘기할 시간은 없었다.

"다음에 연락해라. 대학생이 된 기념으로 형이 술 한 잔 사
마."

"네, 참! 혀엉~"

"니가 그렇게 부르면 겁부터 난다. 뭐?"

"네임드하고 파이팅 게임 아이템 좀 줘요."

"니 돈으로 사! 돈도 많은 녀석이……."

"평범한 대학생이 무슨 돈이 있어요?"

"니가 언제부터 평범한 대학생이었는데?"

"조금 전부터요. 형의 충고를 귀담아 들었으니 그대로 실
천을 해야죠. 헤헤헤!"

"…키도 나보다 큰 녀석이 징그럽게."

민혁의 너스레에 결국 손을 들고 마는 준영이었다.

준영은 민혁에게 아이템을 챙겨 주고 주차장으로 갔다.

외제 차를 타고 다니며 평범한 대학 생활을 즐길 수는 없었기에 입학과 동시에 125cc 오토바이를 산 것이다.

위이이이잉!

전기 오토바이 특유의 소리와 함께 준영은 바람을 가르며 회사로 향했다.

*   *   *

맞춤 양복을 입고, 미용실에서 머리를 하고, 도수 없는 안경을 낀 준영은 1시간 뒤, 주식 매도식이 예정된 호텔에 도착했다.

"1,500억 원 규모의 거래가 될 것이라고 하던데 소감 한 말씀 부탁드립니다!"

"사실상 합병이라는 얘기가 있던데 진실입니까?"

"다음 주에 있을 공모를 염두에 두고 하는 행사라는 말이 있던데……."

차에서 내리자마자 기자들의 질문이 쏟아졌다.

"매도식이 끝난 다음 간담회 형식으로 여러분의 의문에 답해 드리도록 하겠습니다."

준영은 그들을 뚫고 호텔 바로 앞까지 도착한 후 뒤돌아서서 외쳤다.

그리고 그 말을 끝으로 호텔로 들어갔다.

"오셨습니까, 안 사장님."

"아, 곽 변호사님, 일찍 오셨군요. 오늘 잘 부탁드리겠습니다."

"하하! 제가 해야 할 일인 걸요. 어쨌든 축하드립니다."

"감사합니다. 일이 끝난 후 노고에 보답하겠습니다."

"그리 말씀해 주시니 감사합니다. 행사장 옆에 마련된 귀빈실에 민승철 회장이 기다리고 있습니다."

"일찍 왔군요."

"기다리던 날이라 그런 것 아니겠습니까?"

"그렇죠. 기다리는 날이죠."

준영은 곽 변호사에게 빙긋 웃어주고 민승철이 기다린다는 귀빈실로 갔다.

"어서 와요, 안 사장."

민승철이 준영을 반겼다.

'꽤 기쁜가 보군. 하지만 곧 구겨지게 될 거야.'

"지난번 주식 가격을 정할 때 뵙고 오랜만에 뵙습니다, 민 회장님."

속마음과 달리 준영의 행동은 정중했다.

그에 반해 민승철은 준영을 약간 아랫사람처럼 대하고 있었다.

"그때보다 얼굴이 더 좋아 보이는군요, 안 사장."

"오늘만 지나면 편해진다는 생각에 마음이 가벼워져서 그런가 봅니다."

"하하하! 나도 그렇소."

'건방진 자식!'

30퍼센트의 주식에 대한 가치를 정할 때 처음 민승철을 봤었다.

한데 그때부터 그는 준영을 깔보는 듯한 말투를 쓰고 있었다.

준영은 맞대응하지 않고 실속만 챙겼었다.

그렇다고 속마음까지 괜찮은 건 아니었다.

"참! 그때 이사 한 명을 파견하기로 한 거 있잖소."

"네, 전 상관없다고 말했습니다만."

"두 명은 안 되겠소? 중앙회에서 꽤 유능한 사람인데 좀 한직을 원해서……."

"뭐 어려운 일도 아닌데 그렇게 하십시오."

"고맙소, 안 사장. 재무에 능한 사람이니 재무 이사… 를 맡으면 괜찮을 거요."

'만만하게 보이니까 아주 날로 집어삼키려고 드는군. 그래, 꿈이 깨기 전까지 마음대로 해라.'

"하하하! 회장님의 추천인데 그렇게 해야죠."

"재무는 혼자 하기 힘드니 중앙회에서 직원 몇 명을 파견하리다."

"그러십시오. 전 게임 개발에만 전념하겠습니다."

바보가 아니라면 이렇게 막무가내로 '예'를 외치진 않을 것이다.

한데 민승철은 전혀 눈치를 채지 못하고 있었다.

이미 성심미디어를 자신의 손아귀에 넣었다는 기분에 취해 있음이 분명했다.

"시간이 다 되어가니 마지막 점검을 하겠습니다."

양쪽의 변호사들이 들어왔고 행사 순서를 한번 리허설을 해본다.

"…서류에 적힌 계좌 번호로 돈을 입금하면 화면으로 1,500억 원이 찍힐 겁니다. 그럼 안 사장님이 계약서에 서명하시면 완료됩니다. 끝으로 두 분이 계약서를 들고 악수하시면 됩니다."

"그리 길지 않군."

"그렇습니다, 회장님."

중앙회의 변호사와 민승철이 얘기를 하는데 준영이 끼어들었다.

"1,500억이 이체되는 모습은 꽤나 그럴싸한 퍼포먼스군요. 혹시 회장님이 생각해 내신 겁니까?"

"그게……."

"역시 민 회장님은 대단하십니다. 그 장면이 내일 경제지에 도배가 될 게 분명합니다. 그럼 공모주의 경쟁률도 최고를 기록할 수 있겠죠."

물론 말도 안 되는 소리였다.

300대 1만 되어도 만족할 상황이었지만 1,000대 1이 넘는 곳도 있긴 했다.

"성심미디어를 돋보이게 하려고 내 머리 좀 썼지."

민승철은 칭찬에 기분이 좋은지 껄껄 웃고 있었다.

'이젠 빼도 박도 못하게 된 거야, 민승철!'

"하하하하!"

준영도 소리 내어 웃었다.

그와는 다른 의미로…

행사가 시작됐다.

가로로 된 긴 테이블 좌측으로는 중앙회 사람들이, 우측으로는 성심미디어 사람들이 자리를 해 앉았다.

사회자가 성심미디어와 중소 앱 개발사 지원 중앙회에 대해 설명할 때 준영은 사진을 찍고 있는 기자들을 향해 입이 찢어져라 웃어주고 있었다.

좀 있다 일어날 해프닝에 대비한 포석이었다.

기자들은 1,500억이 갑자기 생긴 졸부의 모습을 준영에게서 보고 있었다.

"헐, 성심미디어 사장 입 찢어지겠다."

기자 중 한 명이 옆에 친한 기자에게 들릴 정도로만 중얼거렸다.

"갑자기 1,500억 원이 생기면 당연히 저렇게 되는 거라고. 아마 지금쯤 돈을 어떻게 쓸지 고민하고 있을걸."

"젠장! 더럽게 부럽네."

"우리가 이런 걸 한두 번 봐? 조 단위로 챙기는 모습도 많이 봤잖아."

"그렇긴 한데 저 얼굴 봐. 점잖은 척이라도 하면 좋겠구먼."

"이 친구야, 그게 중요한 게 아니라 내내 저런 얼굴이면 기사가 나갈 수가 없어요. 독자가 배 아플 정도로 행복한 표정을 짓고 있으니……."

"그건 그러네."

둘뿐만 아니라 다른 기자들도 비슷한 생각을 하고 있었다.

"다음으로… 성심미디어의 주식 매도가 있겠습니다. 뒷면 스크린으로 매도 대금이 이체가 되면 안준영 사장님이 주식을 중앙회에 건넬 것입니다."

사람들의 시선은 일제히 스크린을 향했고 준영만이 빙긋 웃으며 민승철을 쳐다보았다.

알았다는 듯 고개를 끄덕인 민승철은 와따나베 도이시로에게 문자메시지를 보냈다.

침을 삼키는 소리가 들릴 정도로 행사장은 조용했다.

그때 민승철의 스마트폰이 울렸다.

—보냈음.

민승철은 만면에 웃음을 짓고 준영을 바라보았다.

'보냈소.'

민승철의 눈은 분명 그렇게 말하고 있었다. 준영은 화면 뒤 스크린으로 향했다.

변화가 있을 리가 없었다.

"흠! 이체 과정에서 시간이 조금 걸리는 모양입니다. 험험! 음, 오늘 이 행사장에 오신 기자분들께서는 행사 후에 간담회가 있을 예정이오니 마지막까지 관심을 보여주시기 바랍니다."

사회자는 진땀을 흘리며 시간을 끌기 위해 노력했다.

준영의 웃는 얼굴은 점점 굳어지기 시작했다. 그리고 옆에 앉은 곽 변호사에게 말했다.

"곽 변호사님, 알아봐요."

"예."

이 일을 위해 새롭게 만든 통장이었고 달랑 만 원이 들어 있었다.

잔고를 확인한 곽 변호사는 고개를 흔들었다.

준영은 굳은 얼굴이 되어 민승철을 바라보았다.

"이, 이럴 리가 없는데… 보냈다고 연락이 왔소. 내가 전화 통화해 보리다."

민승철은 와따나베 도이시로에게 전화를 걸었다.

―잘됐나?

"도, 돈은 입금했습니까?"

─거 무슨 말이오. 방금 보냈다고 메시지를 보냈잖소.

"이체가 되지 않았습니다."

─그럴 리가… 다시 한 번 확인해 보시오. 액수가 커서 늦어지는 것일 수도 있잖소.

민승철은 준영을 바라보았다.

하지만 옆에 있는 곽 변호사가 전화기를 붙잡은 채로 계속 고개를 흔들고 있었고 준영의 표정은 굳어지다 못해 점점 구겨지고 있었다.

기자들 중 가장 이상함을 먼저 눈치챈 이는 아까 투덜대던 기자였다.

"뭔가 잘못된 거 같은데?"

그는 뒤에 있는 사진기자에게 준영의 사진을 찍으라고 신호를 보냈다.

번쩍! 찰칵!

침묵 속에서 플래시가 터지면서 침묵은 깨졌다.

일제히 플래시가 터지며 준영과 민승철을 찍어대기 시작했다.

"어떻게 된 거지?"

"입금이 안 된 것 같은데?"

"그런 것 같군. 저기 저 친구 봐. 아까 웃던 얼굴이 이젠 완전 구겨진 종이처럼 되어버렸군."

"그러게 말이야. 하지만 기자로서는 좋은 거 아냐?"

"그렇지!"

투덜대던 기자는 사진기자가 찍는 사진을 실시간으로 보다 좋은 기사거리가 머릿속에 떠올랐다.

기사를 작성하기 시작했다.

제목은 '천국과 지옥'이었다.

"어떻게 된 겁니까, 민 회장님!"

준영의 목소리가 커졌다.

"그쪽에서는 입금을 했다고 했소. 자, 잠시만 기다려 보시오. 은행에 확인을 한다고 했으니."

잠시 후 새파랗게 질린 얼굴의 민승철이 말했다.

"다, 다른 곳으로 잘못 입금되었다고 했소. 즉각 조치를 취하고 있으니 잠시만……."

준영은 왼손으로 이마를 짚으며 테이블에 기댔다. 플래시 불빛이 너무 밝았기 때문이기도 했지만 표정을 숨기기 위해서였다.

'아무리 조치를 취해봐라. 이미 그 돈은 사라지고 없을 테니까.'

민승철과 와따나베의 스마트폰에는 바이러스가 발견될 것이다. 그리고 그 바이러스 때문에 해킹을 당했다고 생각하게 될 것이다.

하지만 실제의 주범은 지(地)였다.

1,500억을 지(地)가 중국 은행 계좌로 보내 버리고 발견할 수 있는 바이러스를 심어둔 것이다.

그 계좌에서 곧 100군데 계좌로 쪼개질 것이고, 쪼개진 돈은 다시 100군데 계좌로 쪼개질 것이다. 그리고 마지막엔 현금인출기에서 모조리 뽑아져 한군데로 모이게 될 것이다.

그런 돈을 무슨 수로 찾는단 말인가.

준영은 마치 절망하듯이 양손으로 얼굴을 완전히 감쌌다.

완벽하게 얼굴을 감싸고 웃었다.

'하하하! 그러게 왜 가만히 있는 사람을 건드리고 지랄이야! 으하하하하하하!'

민승철이 알아보겠다며 떠나고 기자들도 더 이상 찍을 것이 없다며 떠날 때까지 준영은 계속 그 자세였다.

모든 사람들은 그가 괴로워하고 있다고 믿었지만 그는 웃고 있었다.

─크핫핫핫핫핫!

전화상으로 들려오는 진호천의 웃음소리에 준영은 스마트폰을 귀에서 재빨리 떼어냈다.

─신문에 난 네 표정 봤다. 보는 사람마다 배를 잡고 웃더구나.

'그걸 왜 보여줘! 이 인간아!'

"저도 보고 있습니다."

―웃기지? 웃기지?

"하나도 안 웃깁니다."

―그런 사진을 보고도 웃지 않다니 유머 감각이 많이 부족하구나. 쯧!

"……"

한참을 놀리던 진호천은 웃을 힘이 없어지자 비로소 본론을 꺼냈다.

―한데 돈은 어떻게 할 생각이냐?

"비자금으로 놔둘 생각입니다. 한국에서 사업하려면 비자금이 필수니까요."

―그럼 통장과 카드를 만들어서 보내주마. 그런데 놈들에게 연락이 있었느냐?

"아직요. 제가 일부러 전화를 해도 받지 않더군요. 음성 녹음으로 실컷 뭐라고 해줬습니다."

―영악한 놈.

"감사합니다."

―사람은 이미 보내났다. 네 주변과 가족 주위를 돌고 있으니 걱정 마라.

"배려 감사합니다."

―크, 크큭큭, 크핫핫핫! 하지만 그 사진을 보고 네가 범인이라고 생각할 사람은 아무도 없을 것이다.

끝까지 놀리며 전화를 끊는 진호천.

준영은 전화를 끊고 책상 위에 있는 신문을 보았다.

'성심미디어, 천국과 지옥을 오가다.' 라는 제목이 보였고 그 밑에 큼지막하게 사진 두 개가 붙어 있었다.

기사는 읽지도 않았다.

물끄러미 신문을 바라보던 준영은 신문을 와락 구긴 뒤 갈 가리 찢어버리며 혼잣말을 뱉었다.

"젠장! 내가 봐도 웃기네."

*　　*　　*

낡고 부서져 천장과 벽 구석구석으로 햇빛이 뚫고 들어오는 창고에 대여섯 사람이 피투성이가 된 채 누워 있었다.

민승철과 허유한으로 보이는 이들도 그 속에 있었다.

먼지가 코로 들어갔다 나왔다 하는 걸 보니 죽은 것 같지는 않았다.

그들과 조금 떨어진 곳에 담배를 입에 문 30대 초반의 사내가 전화를 걸고 있었고 그와 조금 떨어진 곳에 여러 명의 사내가 주위를 감시하듯 서 있었다.

그의 입에선 일본어가 흘러나오고 있었다.

"…이상은 발견하지 못했습니다."

―그럼 실수라는 말이군.

"예, 회장님. 결론은 그렇습니다."

―음, 아깝게 됐군.

1,500억 원을 잃었는데 담담한 말투였다. 물론 돈을 찾기 위해 중국으로도 사람을 보내긴 했지만 이미 포기한 듯한 목소리였다.

"뺏을까요?"

사내는 자신이 들고 있는 신문을 흘낏 봤다.

그곳엔 준영의 얼굴이 있었다.

―됐다. 이미 언론에 너무 많이 노출되었어. 떠난 것에 연연하면 안 되지.

"알겠습니다. 여기 있는 놈들은 어떻게 할까요?"

―살려둬. 갚아야 할 빚이 있는 놈들 아닌가.

사내의 눈이 살짝 꿈틀댔다.

그 말은 이곳 한국에 머물러야 한다는 소리였는데 공기 중에도 김치 냄새가 나는 것 같아 한시라도 빨리 떠나고 싶었다.

하지만 명령은 절대적이었다.

"알겠습니다."

전화기를 끊은 사내는 신경질적으로 담배를 한 모금 빨고는 꽁초를 바닥에 던졌다.

"칙쇼! 이딴 나라에서 머물러야 한다니."

야쿠자의 세계에서조차 상대하기 싫은 독종으로 이름난 사내의 행동에 주변을 경계하던 이들의 어깨가 움찔했다.

사내는 화가 풀리지 않는지 손에 든 신문까지 바닥에 던진 후 질근질근 밟기 시작했다.

"이딴 웃긴 놈들이 가득한 이곳에서 말이야!"

신문이 걸레가 되고 사진 속 준영이 갈가리 찢어지고 있었다.

*　　　*　　　*

성심미디어는 액면가 1,000원 짜리 주식을 10,000원에서 12,000원 사이에서 공모하기를 원했고, 확정 공모가는 15,000원으로 결정되었다.

회사의 가치가 15배로 커지는 순간이었다.

청약 경쟁률은 331.27대 1로 꽤 높았다.

과거엔 액면가 100원 짜리 주식이 50,000원이 넘게 공모된 적도 있었다. 하지만 기대만큼 성과를 보이지 못하고 상장폐지 되는 일을 겪으며 투자자들이 그만큼 냉철해졌다고 볼 수 있었다.

하지만 아직 주식 상장이 남아 있어 회사의 가치는 더 올라갈 수 있었다.

1분기 경영 성과가 발표되며 기대 심리가 무척이나 높아졌기 때문이다.

게다가 5월에 중국 명천소프트에 '네임드'와 '파이팅!'이

퍼블리싱 된다는 소식 또한 높아진 기대 심리에 부채질을 하고 있었다.

준영은 벼락부자가 되었다.

거의 주식으로 된 벼락부자였기에 현금은 별로 없었지만 일반인에 비하면 그것도 상당했다.

월급과 적외선 응용프로그램 특허료로 받은 돈, 짜잘한 돈까지 하면 25억쯤 됐다.

물론 며칠 뒤면 어마어마한 거금이 들어온다. 공모주로 주식의 5퍼센트를 팔았기에 그 돈만 450억이었고, 주식 상장 후엔 진호천에게 맡겨둔 주식의 10퍼센트가 팔려서 돌아올 것이었기에 돈 걱정은 사라져 버렸다.

즐기기만 하면 된다는 생각으로 즐거워하던 준영은 공모주 청약이 끝난 다음 날 날벼락을 맞았다.

그 날벼락은 지(地)의 입에서 떨어졌다.

공부할 때를 제외하곤 거의 들어온 적이 없는 가상현실에 오랜만에 들어갔다.

형석이 부탁한 노래가 완성이 되었다는 소식에 지(地)의 얼굴도 볼 겸 해서였다.

"어서와, 동생."

"오랜만이에요, 대지 형."

"오랜만은 무슨 오랜만. 매일 보는데."

보는 게 아니라 감시겠지.

지금 있는 곳은 누군가가 만든 세계의 찻집 같은 곳이었다.

아무 세계나 눌렀더니 외계인이 걸어 다니고 로봇들이 서빙을 하는 곳으로 온 것이다.

"별로 마음에 들지 않나보군."

딱!

지(地)가 손가락을 튕기자 세계가 바뀌었다.

과거 중국의 아방궁이 이랬을까. 수많은 미인이 하늘거리고 속이 다 비치는 옷을 입고 여기저기에 앉아 있거나 돌아다니고 있었다.

그중 두 명이 준영과 지(地)에게 차를 갖다 주었다.

"헐, 취미가 꽤나 고상하네."

"내 취향이 아냐. 네 머릿속의 원하는 바를 실현시켜 준 거지."

"내 취향도 아니거든."

"어라? 취향이 남자로 바뀌었나?"

"멈춰! 손가락을 튕기면 죽여 버리겠다~~!"

준영은 지(地)가 손가락을 튕기려는 순간 외쳤다.

하늘거리고 속이 다 비치는 옷을 입은 남자들이 뒹구는 곳은 정녕 상상하기도 싫었다.

"훗! 농담이니 얼굴 좀 풀라고."

"농담이라도 그런 농담은 하지 마!"

"큭큭! 예민하긴. 할 시간 좀 줄까?"

지(地)의 말에 아가씨들이 서서히 준영에게 다가왔다.

육향! 육향! 육향! 소 젖, 말 젖…

아찔했다.

"그만해! 이곳에서는 하기 싫어."

"왜? 현실과 달라서? 정말 그런 거야? 현실과 달라?"

준영이 생각하기에 현실과 가상현실에서의 섹스는 구분이 불가능했다.

오히려 더 만족스러운 곳이 가상현실이었다.

"아니, 형이 보잖아."

"크하하하하하하! 너, 진짜 웃긴다. 네가 하는 걸 몇 번이나 봤을 것 같아? 고등학교 때부터……."

"딱 거기까지! 더 이상 얘기하면 나가 버릴 거야."

지(地)의 장난은 정말 딱 거기까지였다.

"마침 잘 들어왔어. 안 그래도 할 말이 있었는데."

"할·말?"

"응, 어머니가 너한테 전하라는 말이 있었거든."

준영은 왠지 불안했다.

"회사를 만들래. 넓은 땅에 산이 있는 곳으로. 거기다 통신 시설이 완벽해야 하고 사람들의 왕래가 적은 곳이면 더 좋고. 건물은 사무실용으로 한 채, 공장용으로 한 채, 연구실용으로 한 채, 창고용으로 한 채. 건물은……."

지(地)의 설명을 듣던 준영의 입이 저절로 벌어졌다.

과연 말한 것과 같은 장소를 구할 수 있을지부터 걱정이 되는 판국에 뒤를 잇는 설명은 가관이었다.

"적당한 설명은 이걸로 마치고 일단 설계를 볼래?"

입체적인 설계도가 눈앞에 나타났다.

사실 설계도의 상층부, 즉 건물은 일반 건물들과 다를 바가 없었다.

문제는 지하.

지하로 뻗는 건물들이 특히나 예술이었는데 짓는 목적 따윈 궁금하지 않았다.

딱 한 가지만 생각날 뿐이었다. 돈!

"미쳤군. 가상현실에서 돈을 만들듯 현실에서 만들 수 있다면 가능하겠지. 내가 어떤 상황인지는 알고 있는 거야? 어머니라는 분은 제정신이야? 이런 조건을 가진 곳이 있을 리⋯⋯."

"있어. 경기도와 강원도의 경계가 되는 부분이지."

주소, 땅 주인, 시세, 가격이 눈앞에 펼쳐졌다.

"그래 있다고 해. 가격도 내가 살 수 있는 수준이네. 하지만 공사비는 어떻게 감당할 건데? 한 개 건물도 짓기 힘들⋯⋯."

입체 설계도의 한 건물 부근이 깜박이며 공사 가능한 건설업체, 예상 공사비가 보였다.

땅값까지 해서 1,500억에서 1,600억 사이였다.

주식이 팔리는 가격을 봐야 알겠지만 세금 제하고 탈탈 털면 딱 맞을 금액이었다.

"니미……! 아예 나보다 내 재산에 대해 더 잘 알고 있고만. 그래, 그까짓 돈 줄 수 있어! 비자금도 한 500억 있으니 먹고살 걱정은 없으니까. 한데 일은 누가 해야 하는데? 대지 형이 할래? 어머니가 할 거야? 내가 해야 하잖아. 내가!"

준영은 일만 하고 살 생각은 없었다.

간혹 일이 좋다고 평생 일하면서 돈만 버는 사람들도 있지만 그건 그 사람 인생이었다.

"어머니가 곧 너를 도와줄 사람을 보내준다고 했으니 걱정 마. 그리고 곧 어머니도 볼 수 있을 거고. 그때 네가 얘기해. 난 그저 명령만 전달할 뿐이야."

말하는 지(地)가 왠지 쓸쓸해 보였다.

하긴 가상현실에서 살며 어머니 명령에 복종해야 하는 지(地)가 무슨 죄가 있겠느냐는 생각이 들었다.

머리는 다시 차가워졌다.

"미안… 형."

"난 괜찮아. 할 수 있다면 내가 하고 싶지만 불가능해. 하지만 넌 가능하지. 내가 옆에서 돕도록 할게. 그러니 노력해봐."

"에휴~ 팔자려니 해야지. 사람 최대한 빨리 보내달라고 해. 언제 마음이 바뀔지 모르니까."

준영은 긍정적으로 마음을 먹기로 했다.

어차피 적외선 응용프로그램으로 회사를 만들어야 했고 돈은 쌓아둬 봐야 제로 이자율에 가까워 이자가 거의 붙지 않았다.

그럴 바엔 땅도 사고 건물도 짓는 것이 이득이라고 스스로를 다독거렸다.

"그렇게 전하지."

"부탁했던 곡은 스마트폰으로 전송해 줘. 지금 듣고 싶은 생각은 없어."

"알았어. 한데 그냥 가려고?"

"그럼 더 이상 뭘⋯ 꿀꺽!"

여자들이 입고 있던 모기장 같던 옷들이 먼지가 되어 날아갔다.

그리고 천천히 야릇한 표정을 지으며 준영에게 다가오고 있었다.

"꿀꺽! 날 죽일 셈이야?"

"도전해 봐."

"난 변태가 아니야."

"절대 보지 않을게. 약속하지."

준영은 지(地)의 말에 고민을 했다.

그리고 곧 결정을 내렸는지 준영의 얼굴은 성자의 그것과 비슷해졌다.

모든 것에 달관한 듯한 그 모습.

준영은 천천히 입을 열었다.

"꺼져!"

"뭐?"

"얼른 꺼지라고, 형."

"큭큭큭! 그럼 난 이만!"

준영은 어느새 다가와 몸에 달라붙는 여자들을 보며 중얼거렸다.

"변태 놈의 몸을 가지게 되었더니 생각마저 오염된 거야."

준영은 맹세를 할 때처럼 오른손을 편 채 들어 올리며 외쳤다.

"도전!"

준영의 진정한 성자(性者)로서의 도전이었다.

7장

부하 직원에게 충성 받는 방법

자본금 450억으로 성심테크를 만들었다. 그리고 400억 원으로 황무지 같은 땅을 샀다.

　땅 주인에게 무려 20억을 깎았다.

　그런 데도 왠지 손해 보고 산 것 같은 느낌이 사라지지 않는 그런 땅이었다.

　하지만 후손을 위한 투자라고 생각했다. 1,000년 정도 지난 다음에 땅값이 올라 그들이 좋아할지도 모르는 일이었으니까 말이다.

　몇 명 되지 않는 직원을 가진 성심미디어의 사장이지만 주식 상장 전인 현재 가치가 9,000억이 넘는 회사이다 보니 그

힘은 막강했다.

하지만 때론 사원보다 약해질 수도 있었다.

"사장님이 말씀하신 하트홀릭이 누구인지 아는 사람이 몇명이 될까요? 이런 경우 흔히 듣보잡이라고 하죠. 광고 비용을 생각할 때 최소한 MoB 정도는 되어야 한다고 생각해요."

"…MoB는 남자잖아. 게임은 남자들이 많이 하니 당연히 여자 아이돌이 최곱니다, 사장님."

김정희의 의견이 충분히 타당했기에 준영은 말을 할 수가 없었다.

하지만 그런 김정희의 의견에 최영식이 반론을 제기했다.

"최영식 대리님, '파이팅!'은 여성 유저들이 더 많다는 거 모르세요?"

"…네임드는 남자가 압도적이지. 두 게임 평균을 내면 당연히 남자가 많아."

4월 29일로 예정된 주식 상장일쯤 해서 TV 광고를 내보낼 생각이었다.

한데 회사에 직원이 적다 보니 광고 팀이라고 별도로 지정된 팀이 없었다. 그래서 초창기─그래 봐야 1년도 되지 않은─ 멤버 세 명으로 임시 광고 팀을 만들었다.

그랬더니 이 모양이었다.

준영은 하트홀릭에게 광고를 주고 싶었다. 물론 많은 돈을 투입하는 TV 광고에 하트홀릭이 무리라는 건 알고 있었다.

하지만 말을 꺼내기가 무섭게 '듣보잡'이라는 말을 듣게 될 줄은 몰랐다.

계속 MoB냐, 여자 아이돌 그룹이냐를 놓고 싸우는 두 사람을 배제하고 배정철 팀장에게 물었다.

"배 팀장님 생각은 어떻습니까?"

"제 생각에는……."

모든 사람들―그래 봐야 셋―의 시선이 배정철에게로 향했다.

"광고 제작사의 의견을 따랐으면 합니다."

광고 제작사에서 선호하는 모델이 있는지를 물어서 하는 회의였다.

한데 광고 제작사에 의견을 묻자고 하니 다들 잠시 당황했다.

하지만 준영은 곧 고개를 끄덕였다. 모를 땐 그것도 한 가지 방법이었다.

"광고 제작사에 연결하세요."

"네."

광고 제작사와 화상 전화로 연결되었다.

"모델 결정하기가 쉽지 않군요. 그래서 먼저 우리 회사의 광고 콘셉트를 보고 싶습니다."

―…그러시군요. 몇 가지 준비해 뒀는데 바로 보여 드리겠습

니다.

약간은 당황하는 듯한 광고 담당자.

준영은 이유를 알고 있었다.

'쩝! 이런 것까지 같을 필요는 없잖아.'

지(地)가 만들고 준영이 살았던 세계도 광고주가 접대를 받는 경우가 허다했다.

빈부의 격차가 더욱 심해지자 스타가 되기를 갈망하는 이들이 더욱 늘어났고 연예계로 유입되는 이들은 더욱 많아졌다.

그러다 보니 과거부터 계속되어 온 악순환은 절대 끊어지지 않았다.

수요자가 있으니 공급자가 생기기도 하지만 공급이 있으니 수요가 생기기도 하는 법이었다.

스타에게 직접 접대를 받는 건 아니었다. 그들은 스타였으니까.

하지만 소속 연예인들이 모두 스타인 기획사는 없었다. 그런 스타 지망생 중 지원을 받아 접대를 시키는 곳이 많았다.

그렇다고 접대를 하는 이들이 불쌍한 이들만 있는 건 아니었다.

요즘에는 스스로 몸을 던지는 이들이 허다했고 오히려 그걸 이용해 돈을 뜯어내는 이들도 있었다.

진정 요지경 세상이 연예계였다.

광고 담당자가 모델 선택을 광고주에게 미룬 것은 돌아가며 소속사에게 접대를 받아보고 결정하라는 얘기였다.

각설하고 화면으로 나오는 콘셉트는 가상현실에서 배우 지망생들이 찍은 것이라 진짜 광고와 약간의 차이가 있을 뿐이었다.

준영이 마음에 드는 건 남자들이 나오는 광고였다.

'네임드' 와 '파이팅!' 을 동시에 보여주는 내용이었는데 준영이 보기에도 하고 싶어지는 욕구가 생기게 했다.

"전 세 번째가 마음에 드는데 다른 사람들은 어떠세요?"

"저도 그렇습니다."

"두 번째도 괜찮은 거 같아요."

"…세 번째요."

김정희만 빼고 세 번째가 마음에 들어 했다.

"세 번째 것으로 한다고 했을 때 이미지와 맞는 모델 두 명만 말해주세요."

―음, 요즘 뜨는 MoB도 괜찮고, 이미 유명한 TGS도 괜찮을 것 같군요.

"일단 MoB로 생각하고 콘셉트를 좀 더 세밀하게 짜주시기 바랍니다."

―알겠습니다.

준영은 MoB 쪽으로 마음이 기울었다.

다시 만나 봐야 알겠지만 정 마음에 안 들면 밥을 사준다는 약속이라도 지킬 생각이었다.

"MoB 소속사에 전화해서 한번 보자고 연락해요."

대형 기획사의 스타라면 어림없는 일이었지만 MoB가 속한 소속사는 중형 기획사였다.

"저… 사장니임~"

김정희가 콧소리를 내면서 준영을 불렀다.

이유야 뻔했다.

"콧소리 내면 안 데려갑니다."

"악! 아, 아니에요. 제가 무슨 콧소리를 냈다고……."

"약속 정해지면 연락주세요. 이만 회의 끝!"

준영은 회의를 끝내고 옷을 갈아입었다.

이제 학교에 갈 시간이었다.

회의를 한 다음 날 MoB와 저녁 식사 약속이 잡혔다.

"어디 선보러 가요?"

준영은 평소와 달리 한껏 꾸미고 나온 김정희를 보며 가볍게 물었다.

"사장님도 참, 그냥 평상복이에요."

누가 봐도 뻔한 거짓말이었다.

하지만 이해 못 하는 것은 아니었기에 그냥 고개를 끄덕이며 수긍을 했다.

하지만 앞에서 운전을 하는 최영식은 아니었다.

"…역시 패션의 완성은 얼굴이야."

혼잣말이었지만 차 안은 좁고 조용했다.

"뭐라구욧! 다시 한 번 말해봐요, 최 대리님!"

"…역시 패션의 완성은 얼굴이야."

다시 말해보라고 그대로 말하는 인간이나, 사장이 옆에 있는 데도 바락바락 소리치는 인간이나 똑같았다.

"두 분, 여기서 내릴래요?"

"……."

"……."

준영은 한마디로 정리를 하고 막 지나고 있는 한강으로 시선을 돌렸다.

김정희가 따라온 것은 MoB를 보기 위해서였고, 최영식이 따라온 건 예약한 음식점이 소고기 집이라는 이유에서였다.

소고기를 원하는 만큼 먹어보는 것이 소원이었다고 말하는 최영식의 말에 준영은 측은지심이 생겨 동행을 허락했다.

물론 운전은 그의 몫이었다.

"국화실에서 기다리고 있습니다."

약속 시간보다 일찍 도착했는데 그보다 더 일찍 도착해 있다니 일단 기본 예의에서 합격이었다.

갑이 약속 시간보다 한 시간 일찍 도착해 있다면 어쩔 수 없지만 약속 시간은 절대 어겨서는 안 되는 것이다.

"안녕하세요. MoB의 매니저 강문탁입니다. 성심미디어의 안준영 사장님이십니까?"

"반갑습니다. 안준영입니다."

강문탁은 준영을 알아보지 못했다.

"안에 기다리고 있습니다. 들어가시죠."

"안녕하세요. MoB입니다!"

멋지게 차려입은 다섯 명의 청년이 자리에서 일어나며 동시에 외쳤다.

"꺅……."

김정희가 MoB를 보고 자신도 모르게 비명을 지르다 입을 막았다.

"반가워요. 약속 지키러 왔어요."

"네?"

"기억 못 하겠지만 예전에 방송국에서 만난 적이 있었어요. 그때 내가 밥 한번 먹자고 했잖아요."

"……."

여전히 모르겠다는 얼굴의 MoB와 강문탁 매니저.

준영은 웃으며 그때의 일을 설명했고 그제야 알겠다는 듯 얼굴들이 펴졌다.

"저희가 오해를 했군요? 죄송합니다."

"하하하! 아뇨, 나야 사인을 받았으니 좋았어요."

준영이 지난 일을 꺼내자 분위기는 한결 부드러워졌다.

"여긴 우리 회사 직원들이죠. MoB의 팬이라는 김정희 씨와 소고기의 팬인 최영식 대리."

"소고기요?"

"MoB를 보러 온 게 아니라 소고기 먹으러 왔거든요."

"풉! 하하하!"

멤버 중 한 명이 웃음을 터뜨리자 여기저기서 웃음이 터져 나왔다.

"계약에 대해선 걱정하지 않아도 될 거예요. 계약서를 여러분들의 광팬인 김정희 씨가 가지고 있거든요. 사인을 그곳에 해준다고 하면 냉큼 꺼낼 거예요."

"사, 사장님!"

"하하하하!"

다시 웃음이 터졌다.

"자자, 얘기는 그만하고 밥 먹죠. 강 매니저님도 앉으세요. 참! 코디나 스타일리스트분들도 계시면 데리고 와요. 같이 먹죠."

"그건……."

"정 불편하면 다른 방에서 먹으라고 하세요. 계산은 법인 카드로 할 거니 걱정 마시고요."

준영을 바라보는 강문탁의 눈빛이 묘하게 바뀌었다.

'가식인가? 아님 진심인가?'

성심미디어에서 광고 때문에 MoB를 보고 싶다는 전화가 왔을 때 강문탁은 한편으론 기쁘면서도 다른 한편으론 진상이 아니길 바랐다.

대접만 받고 계약을 하지 않는 인간들은 그나마 나은 편이었다. 대접을 받고 파트너가 마음에 드는 경우 지원을 해주는 이들이 있었기 때문이다.

한데 스타에게 춤과 노래를 시키고 그 앞에서 킬킬대는 인간들도 있었다.

성질 같아선 다 뒤집어 엎어버리고 싶은데 매일같이 돈 걱정을 하는 기획사 대표가 자신의 형이었기에 참고 또 참을 수밖에 없었다.

문탁아! 무슨 일이 있어도 꼭 성사시켜라.

이곳에 오기 전 그의 형이 꼭 성사시켜야 된다고 신신당부하던 일이 생각났다.

강문탁도 현재 기획사의 사정을 잘 알고 있었다.

기획사가 스타를 배출하게 되면 떼돈을 번다고 생각하는 사람들이 많은데 그건 잘못된 생각이었다.

슈퍼스타가 탄생해 몇 백억씩 버는 것이 아니라면 기획사는 언제나 적자였다.

가령 MoB가 10억을 벌었다 하면 MoB에게 3억을 나눠 주고 회사가 7억을 가졌다.

막상 7억이 커 보이지만 앨범 제작을 위해 투자한 돈이 몇억이고, MoB를 움직이는 데 드는 돈—차량 유지, 매니저, 스타일리스트 등등—도 억 단위가 넘어간다.

게다가 회사 운영비로 들어가면 더욱 비용이 커지는데 대부분이 빚으로 기획사를 운영하고 있다고 해도 과언이 아니었다.

'두말할 인간은 아닌 것 같으니까 일단 먹이자.'

대접을 할 생각이었기에 비싼 소고기를 코디와 스타일리스트에게 먹일 생각도 못 하고 있었다.

강문탁은 결정을 내렸다.

코디와 스타일리스트까지 불렀고 소고기 파티가 시작되었다.

준영은 시키기가 무섭게 사라지는 꽃등심을 보며 어이가 없어 웃음이 나왔다.

준영을 제외하고 열 명이 죽기 살기로 먹고 있었다.

그렇다고 기분이 나쁜 것은 아니었다. 아니, 오히려 맛있게 먹으니 기분이 좋았다.

"아주머니, 여기 꽃등심 22인분 갖다 주세요."

"우와아!"

준영이 주문을 하자 테이블 전체에서 감탄사가 튀어나왔다.

"이 집 고기가 떨어질 때까지 먹어보죠!"

준영은 그들의 감탄사에 화답을 했다.

"사장님, 한 잔 받으세요."

적당히 먹었는지 MoB 멤버 중 한 명이 술을 권했다.

"너희 중 나이 24살 이상 되는 사람 없지?"

준영은 MoB 멤버들을 둘러보며 말했다.

"없습니다."

"그럼 형이라 불러라. 사장님은 무슨."

"진짜 그렇게 불러도 돼요?"

"그래, 기념으로 한 잔씩 하자. 막내는 미성년자니까 먹지
말고."

"저희 나이에 대해 알고 있었어요, 사… 형?"

"그 정도야 기본이지. 자, 마시자!"

화기애애한 저녁 식사는 냉면이 들어오고 후식까지 먹은
후에야 끝이 났다.

"김정희 씨, 사인 받아요."

"네?"

"계약서 사인과 MoB 멤버들 사인을 받으라고요. 그것 때
문에 왔잖아요."

"사장님께서……."

"난 쟤네들과 호형호제하기로 했으니 그러면 안 되죠. 잘
설명해 주고 계약 잘 해요."

준영은 김정희에게 계약을 미루고 밖으로 나와 계산을 했

다. 그리고 음식점 앞에 마련된 흡연석에 앉아 시가를 물었다.

"간만에 즐겁게 먹었군."

그동안 일하느라 쌓인 스트레스가 조금은 풀리는 기분이었다.

8장

나이는 숫자에 불과하다

시가를 다 피워갈 때쯤 강문탁이 다가왔다.

"덕분에 잘 먹었습니다, 사장님. 저희가 냈어야 하는데……."

"제가 밥 사기로 한 거니까요. 계약 조건은 괜찮던가요?"

"아주 만족스럽습니다. 대만족입니다."

딱 MoB 수준에 맞춘 계약서였다.

그런데 대만족이라니… 립 서비스였다.

"그리고… 저희가 술을 대접하기 위해 준비를 해뒀습니다만."

준영은 도덕적인 인간은 아니었다.

줄 건 주고, 받을 건 받고.

공짜로 서비스를 하겠다는 건 굳이 마다하지 않았다.

하지만 오늘은 예외였다.

가상현실에서 성자(?)로서의 도전이 과했던 것이다.

"권하는 걸 거절하는 건 예의가 아니겠죠?"

"…네."

"한데 전 오늘 생각이 없습니다. 대신 최영식 대리에게 아가씨 있는 술집에서 술 한 잔 사 주세요."

강문탁은 자신의 귀를 의심했다.

싫으면 싫은 거지 엉뚱하게 자신의 부하 직원에게 술을 사주라니. 도통 눈앞의 준영이 무슨 생각을 하는지 알 수가 없었다.

한데 이어지는 말에 고개를 끄덕일 수밖에 없었다.

"모태솔로라는 얘기를 들어서 그런 것뿐입니다. 그도 남자의 행복을 느껴봐야 하지 않겠습니까?"

"…제가 책임지겠습니다."

"부탁드립니다."

다음 날, 최영식은 준영에게 울면서 충성을 맹세했다.

*   *   *

슬슬 친해지기 시작한 대학 동기들과 밤늦게까지 술을 먹고 간만에 준영은 늦잠을 잤다.

"엄마, 밥!"

1층으로 내려온 준영이 외쳤지만 되돌아오는 소리 없이 집은 썰렁하기만 했다.

"아 참, 여행가셨지."

어제 2박 3일로 일본 온천에 가신 게 기억났다.

머리를 긁적인 준영은 식당이라도 갈 생각으로 집을 나섰다.

준영이 부자가 되면서 준영의 집도 많이 바뀌었다.

그의 아버지는 일을 그만두고—계속하겠다고 했지만 여행을 다녀야 했기에 잘렸다— 어머니와 막내 산영과 함께 이곳저곳 여행 다니느라 바빴다.

처음 조부모님과 크루즈 여행을 가라고 준영이 말했을 땐 귀찮아 하셨다.

나이 들면 더 다니기 힘들다고 설득해 억지로 보내 드렸는데 그다음부터는 비행기 표를 언제 가지고 오나 기다리는 눈치셨다.

형인 호영도 가족에 대한 책임에서 벗어나 홀로 살아가다 보니 여자 친구가 생겼고 지금 한참 알콩달콩 사귀고 있었다.

어쨌든 요즘 준영의 집안 구성원 전체가 편안한 나날을 보내고 있었다.

시원한 해장국으로 술로 지친 속을 달래고 있는데 전화가
왔다.

"네, 엄마. 여행은 즐거우세요?"

—응, 아들. 덕분에 즐거워.

"필요한 건 없고요?"

—여행사에서 다 알아서 해주는데 필요한 게 어디 있겠니?
한데 아드을~

뭔가 부탁할 일이 있으신지 어머니 목소리에 애교가 섞여
있었다.

"말씀하세요."

—다름이 아니라 내일 아버님 어머님 경로당에서 행사 있
다고 했는데 깜박 잊어버렸지 뭐냐. 바쁜 건 알겠는데 경로당
에 가서 필요한 거 없냐고 여쭈어보렴.

"…그럴 게요."

—거기 사회복지사분에게 물어보면 말해줄 게다. 보통 지
원금이 필요하다고 말할 텐데 보통 10만 원이면 되니까 꼭 부
탁하마.

"네, 걱정 말고 놀다 오세요."

귀찮을 뿐 어려운 일은 아니었다.

준영은 아침을 먹고 운동 겸해서 동네 맞은편에 있는 경로
당으로 달려갔다.

대한민국의 노령화 문제는 하루 이틀 된 일이 아니었다.

이미 2000년대 초반부터 불거지기 시작했지만 정부는 뒷짐만 지고 입으로만 대책을 떠들었다.

취업이 어려워지니 결혼은 엄두도 내지 못했고, 설령 결혼을 한다고 해도 터무니없는 집값과 둘이 벌어야 먹고살 정도였으니 아이를 낳을 엄두를 못내는 이들이 많았다.

무상 보육, 육아휴직, 출산 장려금을 부르짖어 봐야 정권을 잡은 대통령들이 일시적으로 내놓은 대책에 불과했다.

정권이 바뀌면 정책이 바뀌고 또다시 처음부터 시작하는 악순환의 연속이었다.

결국 나라는 노쇠해져 갔다.

하지만 바뀌는 건 없었다.

여전히 국회는 싸우고 있었고, 대통령은 단기적인 대책만 마련하고 있었다.

상위 1퍼센트가 부동산의 18퍼센트를 소유하고 있고, 상위 20퍼센트가 부동산 절반을 넘게 소유하고 있는 대한민국의 미래는 그리 밝지 못했다.

경로당은 남녀실로 따로 구분되어 있었다.

준영은 먼저 인사라도 드릴 생각으로 남실로 들어갔다.

노인분들이 많이 계셨다.

바둑 두시는 분, 장기 두시는 분, 주무시는 분, 창밖을 보며 멍하니 서 계신 분 등.

준영의 할아버지는 고스톱을 치고 있었다.

네 사람이 동서남북으로 앉아 있고, 그 사이사이에 구경하는 이들도 있었다.

"이봐, 친구. 손주가 그렇게 잘나간다고 매일같이 얘기하면서 어째 요즘은 뜸해?"

"이 영감탱이야! 지난번엔 치맥 쏘고, 지지난번엔 점심도 샀잖아! 근데 또 사라고?"

한 할아버지의 말에 준영의 할아버지 안칠현은 구십에 가까운 나이임에도 버럭 고함을 질렀다.

준영은 항상 인자하게 웃으시며 별말씀 없는 할아버지만 보아왔었다.

한데 오늘 뜻밖의 모습을 보게 된 것이다.

"험! 나도 간혹 사잖아."

"이 영감탱이야! 일 년 전에 밥 한 번 산 거 가지고 얼마나 우려먹을 생각이야?"

"무슨 일 년 전이야! …9개월 전이지."

"그게 그거지. 그리고 정신 사납게 하지 마. 따면 사준다. 사줘!"

"진짜지?"

"그럼!"

"이봐들, 안 영감이 점심 쏜대. 응원들 하라고."

"누가 다 쏜대! 며늘아기가 여행 가라면서 준 돈으론 어림없단 말이야. 젠장! 김가, 저 녀석 때문에 쌈짓돈까지 깨지게 생겼구먼."

학생들처럼 티격태격하는 두 사람을 보던 준영은 문득 드는 생각이 있었다.

'나이가 든다고 생각까지 나이가 드는 것은 아니었구나.'

맞는 말이었다.

세월이 흐르면서 쌓여가는 경험과 삶의 무게가 더해지며 생각이 깊어지고 굳어가는 것뿐이지 생각이 늙는 것은 아니었다.

나이는 숫자에 불과하다는 얘기에 처음으로 공감이 가는 준영이었다.

"안녕들 하세요!"

젊은 사람의 목소리가 들려서일까 노인들의 시선이 일제히 준영을 향했다.

"어? 준영이 아니냐? 네가 여기 웬일이냐?"

"네, 할아버지. 엄마가 내일 행사에 필요한 거 없는지 알아보라고 하셔서요."

"네 애미도 어지간하구나. 바쁜 애한테 별일을 다 시키는구나."

"오늘은 한가해요."

방금 전까지 학생처럼 굴던 안칠현도 준영이 나타나자 다시 인자한 할아버지로 돌아왔다.

"얘가 안 영감이 말하던 돈 많이 벌었다는 손주여?"

"하하! 손자는 맞습니다, 어르신."

"어르신은 무슨! 다 늙어빠진 영감은 신경 쓰지 마라."

안칠현은 손을 휘휘 저으며 김가라 불린 노인이 접근하지 못하게 막았다.

"필요한 건 없으세요?"

"없다. 여기서 백 원짜리 화투 치는 노인네가 필요한 게 뭐가 있겠냐? 일 끝났으면 어여 가봐라."

"잠시만요, 할아버지. 제가 용돈 좀 넣어드릴게요."

"에이~ 행여나 그러지 마라."

준영은 가족들의 통장 번호를 모두 알고 있었다.

얼마나 넣어드릴까 고민하다 너무 많으면 부담스러워하실 게 분명했기에 500만 원만 넣어드렸다.

"친구분들하고 술도 한잔하시고 하세요. 용돈 걱정은 마시고요."

"그래, 알았다. 잘 쓰마."

쓸데없이 돈을 쓸 것 같아 빨리 보내려고 했을 뿐이었다. 그렇다고 고집스럽게 용돈을 주는 손자가 미울 리는 없었다.

"참, 어르신들! 점심때 제가 음식 배달시켜 드릴 테니까 맛있게들 드십시오."

"허어! 필요 없다니까……."

"맛있게들 드세요. 하하! 전 할머니께 가볼게요."

준영은 할아버지의 손을 잡아드린 후 빨리 남실을 빠져나왔다.

그리고 빨리 보내지 못해 안달 나 하시던 할아버지가 '쟤가 내가 말한 그 손자야!' 라고 외치는 소리에 미소가 절로 지어졌다.

여실도 남실과 크게 다른 건 없었지만 반겨주는 것이 달랐다.

손을 만지고, 머리를 쓰다듬고, 등을 토닥거려 주시는 분들이 많았다.

곱게 차려입으신 할머니들이 많으셨는데 준영은 화장품과 액세서리를 사드려야겠다는 생각을 했다.

역시 용돈을 드리고 점심을 배달해 드린다고 말씀드린 후에 밖으로 나왔다.

그리고 남실과 여실 사이에 있는 사회복지사 사무실로 들어갔다.

"어떻게 오셨어요?"

세 명이 있었는데 그중 40대 후반쯤 되어 보이는 아주머니가 빙긋이 웃으며 물어왔다.

"안칠현 할아버지 손자입니다. 어머니께서 내일 있을 행사에 도울 것이 없는지 여쭈어보라고 해서 왔습니다."

"아! 혹시 안준영 씨?"

"제 이름을 어떻게?"

"호호호! 두 분이 많이 자랑스러워하시더군요. 그래서 알게 되었어요."

준영은 쑥스럽다는 듯 뒷머리를 만졌다.

"특별한 행사가 아니라 그저 위로 잔치 같은 것이고 자원봉사자분들이 계셔서 큰 도움은 필요 없어요."

"비용이라도?"

"많이는 필요 없어요. 다른 어르신들의 자녀분들도 내시거든요. 10만 원 정도면 충분하답니다."

어머니 말씀대로였다.

10만 원을 낸 준영은 뭔가 아쉬웠다. 이왕이면 노인분들을 위해 한 가지라도 더 해주고 싶었다.

"행사 진행표를 볼 수 있을까요?"

"여기 있어요."

행사 진행표를 보던 준영은 좋은 생각이 떠올랐다.

"혹시 가수를 초대해도 되나요?"

"가수요?"

"네, 어르신들이 좋아할 만한 트로트 가수를 초대하려고요."

"하지만 비용이……."

"비용 걱정은 하지 마시고요. 제가 뭔가 하나 해드리고 싶어서요."

"…그렇다면 한 분 정도는 괜찮을 것 같군요."

"알겠습니다. 금방 알아볼게요."

준영은 그나마 인연이 있는 강문탁에게 전화를 해 사정을
설명했다.

―저희 소속사에는 없습니다만 소개를 시켜 드리겠습니
다. 전화 번호를 메시지로… 아니, 제가 알아보고 다시 연락
드리겠습니다.

준영은 강문탁의 친절에 정말 감사했다.

그리고 조금 기다리자 연락이 왔다.

―장윤주 씨는 어떻습니까? 비용은 좀 센 편이지만 남녀노
소 누구나 좋아하는 분이니 괜찮을 것 같은데요.

장윤주는 젊은 나이에 트로트를 시작해 수십 년째 국민 가
수라는 칭호를 받고 있는 이였다.

"좋습니다."

―그럼 내일 그곳으로 가라고 말해두겠습니다.

"비용은?"

―떼어먹을 분도 아니시니 내일 그곳에서 바로 주시면 될
겁니다.

준영은 강문탁에게 고맙다고 말한 뒤 사회복지사 아주머
니에게 말했다.

"어머! 장윤주라면 어르신 모두들 좋아하실 거예요."

"그렇다면 다행이네요. 참, 어르신들 점심을 시켜 드리고 싶은데 어떤 게 좋을까요?"

'돈을 많이 벌었다고 하더니 정말 그런가 보네.'

사회복지사는 노인들의 허풍이 세다는 걸 알고 있었다.

노인분들의 자식 자랑하는 걸 듣다가 막상 실제로 보면 듣던 것과는 다른 경우가 많았었다.

한데 눈앞의 청년은 할아버지의 설명보다 더욱 대단한 것처럼 보였다.

그래서일까… 아직 대학 다니는 딸이 그의 옆에 서 있는 모습이 그려졌다.

'옥희 언니 오면 말이라도 해봐야겠다.'

사회복지사는 준영의 어머니 김옥희 여사와 친하게 지내고 있었다.

주식이 상장됐다.

상장과 동시에 29,000원 가까이 치고 올라가던 주가는 차츰 안정화되면서 22,500원에서 장을 마감했다.

준영은 주가가 얼마든, 현재 자산이 얼마든 쉬고 싶은 마음뿐이었다.

하지만 마음과 달리 할 일은 더욱 많아졌다.

명천소프트에 그들의 요구에 맞게 게임을 고쳐 보내야 했고, 한국 시장을 위해 업데이트와 이벤트를 준비해야 했으며 새로운 게임도 슬슬 마무리해야 했다.

게다가 성심테크와 관련한 일도 있었다.

어머니가 부탁한 일을 위해 공사 업체를 선정하는 작업도 해야 했고, 적외선 응용프로그램을 문의하는 게임업체들과 회의를 해야 했다.

하루 종일 일만 한다면 할 수 없는 것은 아니었지만 준영은 일만 하는 삶은 결코 바라지 않았다.

개미의 손이라도 빌리고 싶은 상황.

궁하면 통한다고 했던가.

도와줄 사람이 생각났다.

개조된 헤드셋으로 지(地)가 만든 가상현실로 들어가자마자 어디론가 소환되었다.

비키니 차림의 아가씨들이 뛰어다니는 바닷가였다.

지(地)는 선 베드(Sun bed)에 누워 일광욕을 즐기고 있었다.

'개 팔자가 상팔자라더니……'

편히 쉬고 있는 꼴을 보니 심통이 났다.

"대지 형."

"어서 와, 짐승 같은 동생."

"…앞에 붙은 그 요상한 수식어는 뭐지?"

"말과 같은? 정력왕? 변강쇠? 원하는 게 있나?"

"본 거야?"

믿지는 않았지만 모른 척하는 게 예의가 아닌가.

준영의 목소리는 딱딱하게 굳었다.

"아니, 맹세코 안 봤어. 하지만 컴퓨터를 사용하면 어떻게 되지?"

"…기록이 남지."

"역시 똑똑해. 기록이 내 일부이니 그저 확인한 것뿐이라고."

칭찬이지만 전혀 기쁘지 않았다.

"한데 오늘도 즐기러 왔나? 새로운 기록을 세우려고? 하하하!"

'진짜 얄미운 인간… 아니, 프로그램.'

준영은 말이 길어져 봐야 자신만 손해라는 걸 깨닫고는 온 목적을 얘기했다.

"날 좀 도와줬으면 좋겠어."

"어떤 일이지? 지난번처럼 작곡인가?"

"아니, 내가 만든 게임 '네임드'와 '파이팅!'의 업데이트와 관리를 맡아줘. 그리고 새로운 게임도 만들어주고."

"이런, 그건 내 권한 밖이야. 관리를 위해선 사람들의 반응을 살피고 취향을 고려해야 하는데 그렇게 할 수가 없거든."

"작곡할 때는 괜찮았고?"

"그건 내 취미야. 어머니도 내 취미에 대해서는 존중해 주시거든."

준영은 순순히 물러날 생각이 없었다.

"그럼 어머니한테 전해줘. 형이 날 돕지 않는다면 나도 어머니를 도울 수 없다고."

"어리광을 부리는 건가?"

"아니, 현재의 나는 일에 치여 취미는커녕 쉴 시간도 없어. 어머니가 시킨 일이 시작되면 더더욱 그럴 테고. 그러니 몇 가지는 포기할 수밖에 없어. 포기하는 건 아마 어머니의 부탁이 될 테고."

"협박이군. 좋아, 물어보지."

물어본다고 어디론가 다녀올 줄 알았는데 아니었다. 잠시의 침묵 후 지(地)는 말했다.

"허락하셨다."

"이렇게 금방 해결되니 허무하군."

"전기적 신호의 세계니까. 하하하!"

"당연히 해줘야 할 일이니 고맙다는 말은 생략할게."

"아니, 오히려 내가 너에게 고맙다고 해야 할 상황이야. 한계는 여전하지만 인간의 세상을 볼 수 있게 되었으니 말이야."

"그렇다면 서로가 윈윈 하는 것이니 부담 없이 맡길게."

"좋아, 그럼 내 동생이 어떤 게임을 만들었는지 살펴보기로 할까?"

선 베드에서 일어난 지(地)가 공중으로 손을 뻗자 '네임드'

와 '파이팅!'의 패키지 파일이 나타났다.

그중 '네임드'와 '파이팅!'을 클릭하자 수많은 A4 용지 같은 창들로 분리되었다.

"굳이 그렇게 요란하게 봐야 하는 거야?"

준영은 자신이 만든 게임 파일을 분석하는 모습에 살짝 눈살을 찌푸렸다.

"멋있잖아."

"……."

"오! 역시 내 동생이야. 다소 부족한 부분이 보이긴 하지만 어떻게 이런 방법을 생각해 낸 거지? 독특해. 내 상상력을 자극하는군. 어머니의 씨앗이라 그런가?"

지(地)는 파일들을 살피면서 흥미로운 듯 혼잣말을 중얼거리며 집중하고 있었다.

준영의 지(地)의 말 중에 이해가 되지 않는 부분이 있어 물었다.

"어머니의 씨앗이라 그렇다고? 그게 무슨 말이야?"

"네 프로그래밍 실력 말이야. 너도 정상적이라는 생각은 들지 않지?"

"응……."

순식간에 프로그래밍에 관련된 책을 기억할 수 있다고 해서 프로그래밍을 잘하는 건 아니었다.

한데 준영은 각종 언어와 프로그래밍에 대해 배우면서 정말 짧은 기간에 수십 명의 인원이 몇 년을 개발해야 할 게임을 만들어낸 것이다.

잘난 기억력과 풍부한 상상력, 천재적인 머리 때문이라고 생각하긴 했지만 그것만으로 설명하기엔 부족하다는 걸 준영도 알고 있었다.

"어머니의 씨앗은 스스로 생각할 수 있는 힘을 가지고 있어. 거기에 어머니는 자신의 능력까지 부여했지. 당연히 프로그래밍 능력도 포함되어 있겠지."

"그 때문이다?"

"그것 말고 달리 설명할 길이 있을까?"

"없어."

납득이 가는 말이었기에 굳이 부정할 이유가 없었다.

"그럼 수고해 줘, 형."

준영은 여전히 파일을 보고 있는 치(地)에게 말한 후 가상현실에서 나가려고 했다.

"패키지 말고 원본 파일은 어디에 있어?"

"내 스마트폰에 있어. 한데 왜?"

"원본을 봐야 더 자세히 알 수 있으니까. 근데 오늘은 안 놀고 가냐?"

"…약속 있어서 가야 해."

해변에서 뛰어놀고 있는 비키니 군단을 바라보며 준영의 눈빛엔 약간의 아쉬움이 서려 있었다.

서울에 온 진호천을 만나기 위해 준영은 능령이 대표로 있는 명천호텔로 왔다.

중국 여행객이 많아서 시끌벅적한 로비를 지나 진호천이 머물고 있는 로열 스위트룸으로 올라갔다.

경호원들의 몸수색을 받고 안으로 들어가자 진호천과 능령이 기다리고 있었다.

"어서 오게."

"어서 와."

"두 분 다 잘 지내셨죠?"

"자네 덕분에 무척 잘 지냈다네. 이리 와 한잔하게. 좋은 술을 구했거든."

돈을 많이 벌어 기분이 좋은지 진호천은 인사가 끝나기 무섭게 술부터 권했다.

술잔을 받아든 준영이 소파에 앉자 진호천이 말했다.

"마시면서 정리를 하지. 야쿠자에게서 얻은 500억은 통장이 아닌 현금으로 준비했네. 달러와 위안화, 한화를 적당히 섞어서 이 장소에 갖다 놨으니 필요할 때 가져다 쓰게나."

"밀반입하기 어려웠을 텐데……."

준영은 꽤 놀랐다.

500억을 현금화시켜 밀반입을 해왔을 줄은 꿈에도 몰랐기 때문이다.

"고생 좀 했지. 하지만 얻은 것이 있으니 그 정도 서비스야 해야 하지 않겠나?"

"감사합니다. 한데 이곳은 어디입니까?"

진호천이 건넨 쪽지에는 주소와 비밀번호로 보이는 두 개의 숫자가 적혀 있었다.

"내 별장 중 하나네. 첫 번째 비밀번호는 집으로 들어갈 때 비밀번호고, 다른 하나는 지하에 있는 패닉 룸(Panic room) 비밀번호지. 한동안 자네가 써도 좋네."

"이거 뭐라고 감사를 드려야 할지 모르겠군요."

"핫핫핫! 앞으로도 돈 되는 일이 있으면 부탁한다는 의미니 부담을 가져 주면 좋겠지."

"하하! 잘 기억하고 있겠습니다."

"다음으로 자네가 소액주주를 만들 때 맡긴 10퍼센트의 주식은 평균 24,000원에 팔렸는데 정리되는 대로 수수료 제외하고 통장에 넣어줌세."

진호천의 일처리는 더할 나위 없이 깔끔했다.

"고생하셨습니다."

"즐거운 고생이었지."

"그러셨다니 제 마음도 한결 편하군요. 한 가지 여쭤도 되겠습니까?"

"말하게."

"진 대인은 성심미디어의 주주 아니십니까?"

"10퍼센트를 가졌으니 그렇지."

"그럼 충분히 성심미디어의 경영에 참여할 수 있고 이사가 될 수도 있지 않습니까?"

진호천의 아미가 살짝 좁혀졌다.

"무얼 말하고 싶은 겐가? 설마 내가 경영에 참견할 것이라 생각했다면 섭섭하군. 난 추호도 그럴 생각은⋯⋯."

"아니, 반대입니다. 똑똑한 이사 한 명만 보내주십시오."

"응?"

"말 그대롭니다. 해야 할 일은 많은데 저 혼자로는 벅차더 군요. 그래서 절 도울 사람이 필요합니다."

"거 참, 헤드헌팅이라도 하면 되지 않은가?"

준영은 사실 진호천이 이 말을 해주길 기다리고 있었다.

그의 말처럼 임의대로 구할 수 있었다. 하지만 이사급에 앉힐 사람이라 주주인 그에게 물어보지 않고 구하면 관계가 틀어질 수도 있었기에 조심스러웠다.

"그래도 되겠습니까?"

기다렸다는 듯 되물어오는 준영을 보고 진호천은 준영의 의도를 알아챘다.

그러라고 대답하려다 생각해 보니 측근 한 명 정도 성심미디어에 넣어두는 것도 괜찮을 것 같았다.

"자네가 원한다면 똑똑한 친구로 보내주지."

'쯧! 눈치 빠른 영감.'

진호천이 보내는 사람이 반드시 마음에 든다는 보장은 없었다. 하지만 꺼내놓은 말이 있었기에 어쩔 수가 없었다.

"…감사합니다."

"우리 사이에 별말을 다 하는군. 자, 나와의 볼일은 끝났으니 이젠 능령과 일을 보게. 그동안 난 술이나 음미하고 있겠네."

진호천이 한쪽으로 비켜주었고 능령과 마주하게 되었다.

"여기 있어요, 누나."

명천소프트에 게임을 보내기 전 능령이 확인하기를 바랐기에 스마트폰으로 게임을 실행해 보여줬다.

한국 게임 시장과 중국 게임 시장은 조금 달랐다.

중국 게이머들은 정액제보다 부분 유료화를 선호했는데, 부분 유료화도 한국과 약간 개념이 달랐다.

각종 아이템을 팔면서도 등급을 나눠서 제공받는 서비스에 차별을 둘 수 있었다.

가령 1등급에서 5등급까지 나눈 후 1등급을 최고로 칠 때, 1등급은 게임 할 때 얻는 경험치와 돈을 25퍼센트, 5등급은 5퍼센트를 추가로 획득할 수 있었다.

강화 비용, 상점 이용 비용, 심지어 아이템 구매 시 할인율까지 등급별 차별을 두고 등급에 따라 캐릭터에 독특한 표식을 만들어줌으로써 우월성을 가지게 만들었다.

즉 돈을 투자한 사람은 게임 내에서도 특별 취급을 받게 만드는 것이 핵심이었다.

"요구 사항이 제대로 적용됐네. 한데 아이템 숍이나 등급과 관련해서는 구현이 안 된 거야?"

"아뇨, 새로운 아이템을 적용시키거나 등급별 차이를 쉽게 조절하기 위해 관리자가 사용할 앱과 연동만 시키면 돼요."

준영은 다른 스마트폰을 하나 더 꺼냈다.

그리고 게임의 관리자 모드를 실행시킨 후 이상한 아이템을 만들어 올려보았다.

"확인해 보세요."

방금 전 준영이 올린 아이템이 게임 내 아이템 숍에 나타났다.

"관리자들이 좋아하겠네. 어떻게 하는지 설명해 줄래?"

"어렵지 않아요. 여기… 봐보세요."

작은 스마트폰을 보며 설명하려니 자연 얼굴이 가까워질 수밖에 없었다.

준영은 능령에게서 풍기는 향기와 집중하는 얼굴을 보며 순간 가슴이 두근거렸다.

다행히 말을 더듬지는 않았지만 설명하는 내내 자신도 모르게 능령을 흘끔거렸다.

'정말 갈수록 더 예뻐지는군.'

설명을 마치고 술을 한 모금 하자 마음은 진정이 되었다.

하지만 눈은 여전히 스마트폰을 만지고 있는 능령을 보고 있었다.

준영은 진호천이 묘한 웃음을 지으며 자신을 보고 있다는 걸 전혀 알지 못했다.

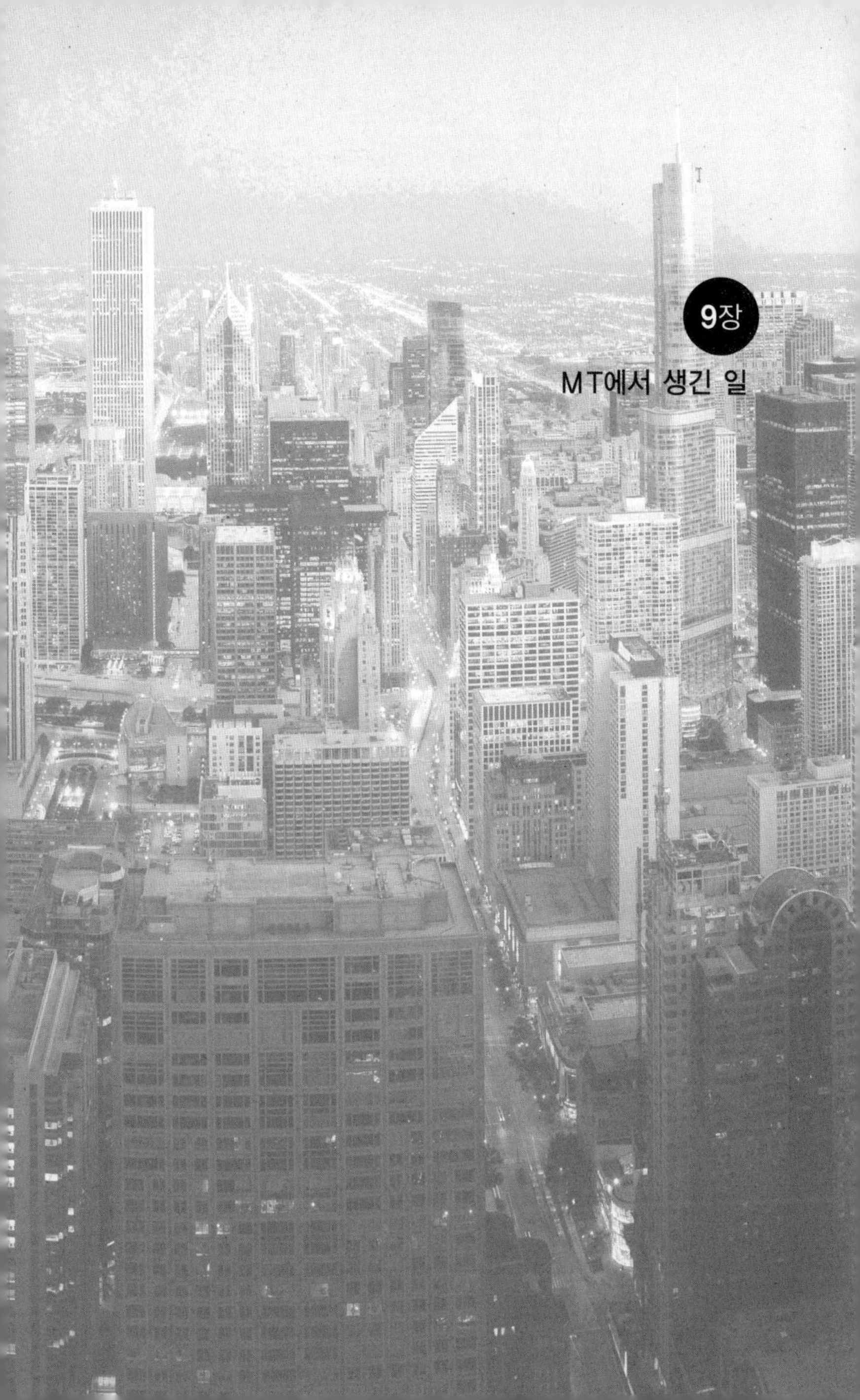

9장

MT에서 생긴 일

돈에서 나는 냄새는 어느 사람을 거쳤느냐에 따라 조금씩 다르겠지만 기본적으로 독특한 잉크 냄새가 난다.

1미터 떨어진 곳에 있는 돈의 냄새를 맡을 수 있는 사람은 몇 명이나 될까?

10미터 떨어져 있다면?

아마 거의 대부분의 사람들이 맡을 수 없을 것이다.

한데 돈 냄새를 기가 막히게 잘 맡는 사람들은 의외로 많았다.

급전이 필요한 친척이나 친구, 각종 사회단체, 사기꾼들 등등. 하지만 가장 잘 맡는 사람들은?

준영이 생각하기엔 정치인이었다.

정치에 가장 필요한 것은 돈이었다.

국회의원의 경우, 지역구에 낸 사무실 운영비로 나라에서 받는 거액—국민이 생각하기에—의 연봉이 고스란히 들어갔다. 그러다 보니 사실상 연봉만 받아서는 생활이 불가능했다.

재산마저도 없다면?

소속 정당에서 지원금을 받고, 개인 후원자에게 정치 후원금을 받고, 때론 도서 출판기념회 같은 행사로 돈을 모아야 했다. 뒷돈은 일단 논외로 하자.

왜 갑자기 정치 이야기를 하냐 하면 준영이 처음으로 정치인과 연이 닿았기 때문이다.

그렇다고 국회의원은 아니었다.

"안녕하십니까. 동대문 갑 국회의원 기원묵 국회의원의 보좌관 마철훈입니다."

"어서 오세요. 성심미디어의 안준영입니다. 이쪽으로 앉으시지요."

마철훈은 30대 초반의 좀 마른 사내였다.

부른 적도, 약속을 한 적도 없는 마철훈의 방문에도 준영은 웃으면서 맞이해 주었다.

사실 준영에게 서로 웃는 얼굴로 정치인을 마주하는 건 생소한 일이었다.

준영이 태어난— '뿌려진' 이라 해야 맞지만— 세계는 한

번 언급한 적이 있지만 서로 국회의원을 하지 않으려는 곳이었다.

그들은 정직하고 강직했으며 비리를 용납하지 않았고 기업과 뒷거래를 하지 않았다.

그래서 그 세계에서는 정치인과 만날 일이 극히 드물었고 설령 만나더라도 데면데면했다.

준영은 이 세계 한국의 정치인들을 싫어하지 않았다.

전과는 달리 이용할 수 있고 나중에 회사의 목적을 달성하는 데 있어서 반드시 필요한 이들이었기 때문이다.

"비서가 없어 제가 타야 하지만 차 한 잔 드시겠습니까? 추천하고픈 것으로 중국분에게 선물 받은 좋은 보이차가 있습니다."

"하하하! 이거 바쁘신 분께 폐를 끼치는군요."

"별말씀을요. 마 보좌관님이 오히려 저보다 더 바쁘실 텐데요."

준영은 마음에도 없는 말을 뱉으면서도 호의적인 말투를 유지했다.

두 잔의 차를 탄 준영은 한 잔을 마철훈에게 건넸다.

"음, 향이 아주 좋군요."

"좋은 차라 그럴 겁니다. 타는 솜씨가 엉망이거든요."

시종일관 좋은 태도로 응대를 해주는 준영의 태도에 마철훈의 눈이 빛났다.

그가 준영을 방문한 목적은 정치 후원금을 권유하기 위해서였다. 경제지에 오르내릴 만큼 대단한 회사가 지역구 안에 생겼으니 지나칠 수 없었다.

한데 방문하기 전에는 과연 가능할까 하는 의문도 있었다. 사장인 준영의 나이가 너무 어렸기 때문이었다.

대부분의 젊은이들은 정치에 관심도 없었고 정치인들을 싫어했다.

하지만 준영은 많이 달랐다.

정치에 관해 몇 마디 던졌는데 정치인들의 이름을 줄줄 꿰고 있었다. 게다가 정치에 대해 굉장히 호의적인 반응이었다.

"선거 때 투표만 하는 걸로 의무를 다했다고 생각하는 것이 좀 안타깝습니다. 뽑은 대표가 지역구를 위해 어떤 일을 하는지도 관심을 가져야 한다고 생각합니다."

"하하하! 그렇게 되면 의원님이 지역구를 위해 얼마나 노력하는지 구민들도 알 텐데요."

"알고 있을 겁니다. 그러니 기원묵 의원님이 2선을 하실 수 있지 않았겠습니까."

"듣고 보니 그렇군요."

마철훈은 기원묵 의원이 2선을 했다는 말을 듣는 순간 준영이 정치에 관심이 있다고 확신했다.

그래서 단도직입적으로 말을 꺼냈다.

"혹 후원을 하는 의원이 있으신지?"

"이제 할까 생각 중입니다. 사실 마 보좌관님이 안 오셨으면 완전히 잊고 지냈을 겁니다. 하루하루가 오죽 바빠야죠."

"그렇다면 기원묵 의원님께 후원을 해보는 건 어떻습니까?"

"당연히 해야죠. 잠시만요."

준영은 사무실 한편에 있는 금고를 열어 1,000만 원을 꺼내 마철훈에게 건넸다.

개인이 낼 수 있는 정치 후원금은 1년에 4,000만 원, 한 명에게 최대 1,000만 원—2014년 기준 각각 2,000만 원, 500만 원—이었다.

"이름과 연락처는 대충 적어주십시오."

"하하하! 당연히 그래야죠. 한데 이렇게 갑자기 주시니 좀 당황스럽군요."

500만 원 이상은 고액 후원금으로 조사 대상이 되기 쉬웠기에 대부분의 고액 후원자들은 이름과 연락처를 제대로 적지 않았다.

"사실 방문하고 싶은데 너무 바빠 이러니 양해해 주십시오. 잠시 후 약속도 있어서 자리를 비우기 힘듭니다."

"그렇군요. 그럼 후원금 잘 받겠습니다."

마철훈은 천만 원을 챙겼다.

"출판기념회가 있으면 연락 주십시오. 그때는 꼭 시간을 내겠습니다."

"안 사장님은 시원시원하시군요. 하하하!"

굳이 말하지 않아도 알아서 지원을 약속하는 준영이 좋아 보일 수밖에 없었다.

특히 출판기념회에 참석하겠다는 건 더 많은 정치 후원금을 줄 수 있다는 말과 같았다.

받은 게 있으면 줘야 했다. 하지만 국회의원이란 배경으로 줄 수 있는 건 현 상황에서 많지 않았다.

"혹 곤란한 일이 있으면 연락 주세요. 제가 힘닿는 데까지 도와드리겠습니다."

"그러겠습니다. 언제 식사라도 한번 대접하겠습니다."

준영은 바라던 말이 나오자 그러겠노라고 말했다.

귀찮은 일을 처리할 땐 변호사보다 정치인이 훨씬 좋았다.

마철훈을 엘리베이터까지 배웅한 준영은 시간을 확인했다. 진호천이 추천한 인재와 만나기로 약속한 시간 10분 전이었다.

"다행이다. 자칫 말이 길어졌으면 실례가 될 뻔했네."

"이미 실례가 됐어."

준영은 뒤에서 갑자기 들리는 소리에 깜짝 놀라 소리가 난 계단 쪽을 봤다.

"허억! 누, 누나?!"

계단을 올라오는 사람은 능령이었다.

아직도 두근대는 심장을 잡고 준영이 말했다.

"뭐예요. 깜짝 놀랐잖아요. 그런데 누나가 왜 여기에 있어요?"

"삼촌이 소개한 사람이 나야."

준영은 자신의 귀를 의심했다.

"누나가 오늘 오기로 한 인재라고요?"

"왜? 나로 부족해?"

"그 말이 아니잖아요!"

호텔의 대표가 뭐 먹을 게 있다고 이곳에 왔는지 의문이었다.

'설마… 날 먹으러?'

준영은 당황스러운 상황에 패닉에 걸렸는지 엉뚱한 상상마저 했다.

"그러니까 진 대인이 소개할 사람이 외국에 있어서 누나가 '일단' 대신 왔다는 말이군요?"

"응."

한순간 놀라긴 했지만 능령의 설명을 들은 준영은 침착함을 되찾았다.

"저야 누나가 와준 것만으로도 고마워요. 한데 호텔 일은 어떻게 하려고요. 병행하려면 힘들 텐데요?"

"별로. 전자 결재 시스템이 있어서 결재는 어디서든 할 수 있으니까."

본인이 괜찮다는데 어쩔 수가 없었다.

"방은 제 옆방에 마련해 뒀고 인테리어는 브로슈어를 갖다 뒀으니 골라서 주문만 하면 되고요. 자, 그럼 직원들과 인사하러 가요."

준영은 능령을 데리고 1층부터 3층까지 일하고 있는 직원들을 소개시켜 줬다.

"이분은 앞으로 여러분을 이끌 진능령 이사님입니다. 임시이긴 하지만 직책은 전무이니 모든 결재는 진 전무님께 받으시기 바랍니다."

"처, 처음 뵙겠습니다. 해, 해외 팀을 맡고 있는 유병채입니다."

"아, 안녕하십니까. 재무 팀을 맡고 있는 이, 이종국입니다."

다들 능령의 외모에 넋을 빼앗겨 버린 듯 말을 더듬고 얼굴을 붉히고 심지어 악수를 할 때 손을 바들바들 떠는 사람도 있었다.

어찌 되었든 인사를 모두 마치자 준영은 다시 사장실로 돌아왔다.

"이건 법인 카드예요. 명함과 명패는 내일이면 준비될 거예요. 오늘 직원들과 점심이나 하면서 얘기 잘 해보세요."

"알았어. 한데 넌 점심 안 먹어?"

"약속 있어요. 이제부터 성심테크의 사장으로 일을 해야 하거든요. 그럼 부탁드릴게요."

준영은 후다닥 밖으로 나가다 다시 한마디 던졌다.

"업무에 관련된 건 사무실 컴퓨터를 보면 알 수 있을 거예요. 그럼!"

"으, 응."

능령은 이미 사라져 버린 준영의 뒷모습을 보며 약간 서운한 마음이 들었다.

하지만 곧 마음을 잡고 업무를 시작했다.

첫 업무는 직원들과의 점심 식사 겸 미팅이었다.

"사장님은 어떤 사람이에요?"

점심을 먹고 개별 면담에 들어간 능령은 질문 하나로 준영과 성심미디어에 대해 알게 되었다.

"사장님이요? 악마죠. 아침 9시부터 퇴근 시간까지 일에 집중하지 않으면 못 끝낼 분량을 줍니다."

"사장님이 어떤 사람이냐고요? 휴우~ 귀신은 뭐 하는지 몰라요. 아, 아닙니다. 혼잣말이에요. 어쨌든 사장님은 칼퇴근하라고 말합니다. 하지만 칼퇴근하는 사람들 별로 없어요."

"뭐, 인간적으로 본다면 괜찮은 사람이죠. 하지만 사장으로 본다면 한 대 때려주고 싶습니다. 이젠 전 익숙해져서 7시에 퇴근합니다만 다른 사람들은 어림없죠. 얼마 전에 중국 명천소프트와 퍼블리싱 계약을 했었죠. 몇 명이서 그 일을 해낸줄 아십니까? 저희 팀 세 명입니다. 중국어 하는 한 명은 하도 헤드셋을 끼고 있어서 귀에 병이 났을 정도였죠. 휴우~ 그때를 생각하면……."

"괜찮은 사람이죠. 일단 업무에 적응만 하면 정시 출근 정시 퇴근이 가능해져요. 게다가 일이 끝나면 두둑한 보너스가 나오죠. 다른 팀들도 일단 적응하면 좋아할 거예요. 저요? 기획 팀 김정희입니다."

"…제가 존경하는 분입니다. 시키면 해야죠. 뭐든지, 어떻게 해서라도 말입니다. 불평불만이라니요. 누가 감히! 저요? 기획 팀 최영식입니다."

"솔직히 말하자면 재미있는 분이죠. 일을 과하게 시키긴 하지만 못 할 정도로 주진 않습니다. 사람을 무척 잘 이용하는 편이죠. 뭐랄까? 한계까지 몰아붙인다고나 할까. 사실 생각해 보면 가장 일을 많이 하는 사람은 사장님일 겁니다. 오전에 회사 네트워크에 들어가면 팀별 업무 표가 있습니다. 그걸 작성하는 사람은 누구일까요? 또한 자세히 보시면 알겠지만 우리 회사에 가장 중요한 개발 팀이 없습니다. 다른 곳에 있다고 하던데 믿기 힘든 일이죠. 각 팀에서 업무하는 중 개발 팀이 필요한 일은 네트워크에 올려둡니다. 하루하루 꽤 많은 분량이죠. 하지만 다음 날이면 대부분 처리되어 있습니다."

능령은 담담하게 말하고 있는 기획 팀장 배정철의 말에 고개를 끄덕이며 다른 질문을 했다.

"불만은 없으십니까?"

"회사 생활하는 데 불만 없는 사람이 어디 있겠습니까? 한데 막상 생각해 보면 딱히 없습니다. 연봉은 적지만 성심미디어에서 일한 지난 7개월간 연봉의 몇 배 되는 보너스를 받았습니다. 신생 회사라 그런 거니 앞으로 기대하지 말라고 하셨지만 말이죠. 하하하!'

"배 팀장님이 사장님에 대해 꽤 잘 아시는 것 같으니 물어보죠. 왜 일을 과다하게 시키는 걸까요? 직원을 더 뽑으면 되는 일 아닌가요?"

"글쎄요? 제 개인적인 생각입니다만 중간 관리자층을 만들고자 해서 그런 게 아닐까 합니다."

"중간 관리자층이요?"

"보시면 아시겠지만 가장 처음 입사한 사람들이 7개월 된 회사입니다. 그러니 직급이나 직책이 엉망이죠. 게다가 시키는 일을 보면 한 사람이 하기엔 과다하죠. 그래서 한 명 한 명이 팀만큼의 분량을 해내야 합니다. 전 이런 생각이 들더군요. 왜 신입 사원을 뽑지 않을까, 왜 외부에서 사람을 데려오지 않을까 하고 말이죠. 아마 올해 말쯤 신입 사원을 뽑을 거라 생각합니다. 그때가 되면 지금 사원들 중 대리가 나올 것이고, 과장이 나오겠죠."

능령은 배정철이 꽤 유능한 사람임을 알 수 있었다.

준영이 그녀의 컴퓨터에 남겨둔 자료는 꽤 방대했다. 성심미디어의 시작부터 현재까지 상세히 정리되어 있었는데, 특히 올해 말까지의 계획이 일목요연하게 정리되어 있었다.

그 계획에 따르면 10월 말에 배정철 팀장의 말처럼 신입 사원 채용이 예정되어 있었다.

능령은 배정철 팀장과의 마지막 미팅을 끝내고 생각에 빠졌다.

삼촌의 부탁 때문에 왔지만 딱히 할 일이 있을 거라고는 생각하지 않았다. 한데 일이 꽤 재미있게 돌아가고 있었다.

고글을 쓰고 회사 네트워크에 들어가 아까 봤던 자신의 일일 업무를 다시 확인했다.

빼곡하게 적혀 있는 해야 할 일들.

처음 볼 땐 장난으로 적어놓은 줄 알았는데 직원들과 얘기를 하고 나니 실제 해야 할 일임을 알게 되었다.

"훗! 날 길들이고 싶다는 거야?"

듣는 사람에 따라 이상하게 들릴 수 있는 말이었지만 정작 말한 사람은 아무런 의도가 없어 보였다.

그녀의 손이 서서히 빨라지기 시작했다.

능령은 집중할 때 입술을 모아 살짝 내미는 습관이 있었는데 지금의 모습이 딱 그랬다.

일한 자여, 떠나라!

준영이 좋아하는 말이었다.

성심미디어는 능령에게, 게임 관련해서는 지(地)에게 떠맡겼고, 성심테크 일은 한숨을 돌렸기에 떠날 기회가 생긴 것이다.

중간고사가 끝난 5월 초.

컴퓨터학과 1학년 MT에 준영은 참석을 했다.

오토바이를 자전거 보관소에 세운 준영은 운동장으로 갔다.

두 대의 버스가 준비되어 있었고 이미 많은 학생들이 차 근처에서 삼삼오오 모여 담배를 피우거나 얘기를 나누고 있었다.

"형! 오셨어요?"

1학년 과 대표인 한울이 준영을 반겨줬다.

"응, 그래."

수업을 빼먹을 정도로 바빴던 준영이 그나마 아는 이는 한울이 다였다. 그와 인사가 끝나자 금세 할 일이 없어졌다.

얼굴은 알고 있지만 서먹서먹한 관계의 동기들.

준영은 세 사람이 얘기하는 곳으로 다가갔다.

"김상진, 오정환, 오동호지? 반갑다. 난 같은 과 동기 안준영이야. 예비역이라 올해 스물넷인데 편하게 지내자."

"그, 그래요."

"…네."

"반가워…요."

대학이라는 곳이 재수, 삼수생들도 있고 간혹 장수생들도 있어 나이 차이가 나게 마련이다.

때문에 호칭 문제가 껄끄러웠다.

보통의 경우 정해진 것은 아니지만 예비역이나 장수생은 나이대접을 해주고 재수생과 삼수생의 경우 말을 트는 경우가 많았다.

준영의 경우 압도적인(?) 나이 때문에 친구 하자는 얘기를 듣지 못했고 처음 인사를 나눌 때의 어색함 또한 어쩔 수 없었다.

하지만 성격이 활달하고 싹싹한 사람들이 어디든 있게 마련이었다.

"우와! 형, 반가워요. 전 재수했는데 형은 도대체 몇 수를 하신 거예요?"

"형님, 안녕하십니까. 잘 지냈으면 좋겠습니다."

재수생 전현수와 민경민이 그랬다.

특히 전현수의 경우 과에서 친하지 않은 사람이 드물 정도였다.

"이 형이 보기보다 어려. 나이가 겨우 스물넷밖에 안 돼. 그러니까 너무 어려워들 하지 마. 난 처음에 교수님인 줄 알았다니까."

너스레를 떨어가며 소개를 시켜줬는데 준영은 좋다고 해야 할지 싫다고 해야 할지 고민이었다.

어쨌든 현수 덕분에 동기들 대부분과 인사를 마친 준영은 차에 올랐다.

"형님, 앉아도 되겠습니까?"

차에 오른 민경민이 슥 훑어보다 홀로 앉아 있는 준영에게 다가와 말했다.

"응, 앉아. 말은 편하게 해."

"원래 말투가 이렇습니다."

경민의 말투는 딱딱했지만 머리를 긁적이며 쑥스러워하는 표정은 여느 학생과 다르지 않았다.

"말투 때문에 놀림 받지는 않았냐?"

"처음엔 좀 그랬습니다만 나중엔 그러려니 하고 다들 넘어 갔습니다. 현수 놈은 여전히 놀리지만 말입니다."

"고칠 생각은 안 해봤어?"

"하하! 몇 번 해봤는데 실패했습니다. 쓰다 보면 제가 간지 러워서……."

"하하하! 그럴 수도 있지."

준영은 유쾌하게 웃었다.

말투만 그렇지 어느 누구보다 성격이 좋은 건 경민이 아닐 까 준영은 생각했다.

부르릉! 부릉! 부르릉! 부릉!

갑자기 들려오는 굉음에 시선이 절로 창밖을 향했다.

두 대의 스포츠카가 버스 근처에서 굉음을 토해내고 있었다.

"아! 저 새끼들, 꼭 MT 날까지 저렇게 티를 내고 싶은 거야?"

앞자리에 앉은 현수가 인상을 찌푸리며 말했다. 경민도 스포츠카에서 내리는 애들이 마음에 안 드는지 살짝 인상을 쓰고 있었다.

스포츠카에서 내린 학생들은 준영도 얼굴은 알고 있었다. 바빴던 것뿐이지 관심이 없던 건 아니었다.

컴퓨터학과 1학년이 50명이니 가난한 학생들도, 부유한 학생들도 있었다.

대부분의 학생들은 그런 점을 티를 내지 않았다. 하지만 눈썰미가 있는 사람들은 입고 있는 옷만으로도 충분히 알 수 있었다.

하지만 일부는 자신의 부유함을 감추지 않았는데, 그들이 바로 지금 스포츠카에서 내린 세 명이었다.

준영은 그 셋을 딱히 싫어하지도 좋아하지도 않았다.

겪어보지 않고 그 사람을 판단할 수도 없는 일이었고 부유함을 즐긴다고 그것이 매도당할 이유가 되는 것은 아니었다.

"왜? 무슨 일이라도 있어?"

준영은 창밖을 보며 인상을 쓰는 경민에게 물었다.

"…아닙니다. 그냥 하는 행동이 눈에 거슬려서 그렇습니다."

"행동만 거슬리는 게 아니에요. 저 새끼들 말하는 싸가지가 장난 아니에요. 아주 돈으로 사람을 판단하고 없다 싶으면 완전 무시한다니까요."

경민의 말에 현수가 설명을 더한다.

"그래?"

스포츠카를 타고 온 셋에 대한 경민이와 현수, 학생들의 싸늘한 반응은 이유가 있었던 것이다.

준영은 셋의 행동을 살폈다.

한 명은 과 대표인 한울과 애기를 하고 있었고 나머지는 차에 오르지 않고 있던 여학생들에게 접근해 뭔가를 얘기하고 있었다.

상황은 금방 끝났다.

각자 자유롭게 이동한다는데 한울이 강제할 수는 없는 일이었다.

한울과 이야기하던 한 명이 준영이 타고 있던 차에 올랐다. 그리고 동기들의 눈을 무시하고 앞자리에 앉은 여학생에게 말을 했다.

"다정아, 내 차 타고 가자."

"내가 왜?"

"버스보다 훨씬 좋잖아. 게다가 훨씬 빠르니까 바다도 잠깐 들려도 되고."

간다정은 공대 여신으로 불리고 있는 여학생이었다.

준영이 보기에도 꽤 예뻤는데 자신이 예쁘다는 걸 알고 있다는 듯 행동하는 게 준영은 마음에 들지 않았다.

아니나 다를까 몇 번 튕기던 다정은 못 이기는 척 남학생의 손에 이끌려 스포츠카로 갔다.

"저딴 새끼가 뭐가 좋다고……."

현수는 뭐가 못마땅한지 욕까지 하며 투덜댔다.

준영은 그런 현수에게 웃으며 낮은 목소리로 말했다.

"내가 충고 하나 해줄까? 혹시 여자 친구 만들려면 수정이랑 영숙이 노려봐라."

"그런 거 아니에요, 형. 근데 걔들은 왜요?"

"2학년 되면 다정이만큼 예뻐질 거거든. 물론 남자 친구가 생기면 더 빨리 예뻐지겠지만."

준영이 생각하기에 여자의 미모는 개화 시기가 다 달랐다. 능령처럼 타고난 미인이야 드문 경우니 논외로 치더라도 대부분의 여자들은 사랑을 시작할 시기나 방학이 지나야 예뻐진다.

그게 화장술의 발달이고 성형수술의 발달 때문이라 말할 수도 있겠지만 그것도 기본 바탕이 있어야 가능한 일이었다.

준영이 보기에 그에 부합되는 여학생들이 바로 수정이와 영숙이였다.

"에이~ 아닌 것 같은데요?"

"글쎄, 두고 보라니까."

준영의 말에 현수는 수정과 영숙이 앉아 있는 자리를 한 번씩 바라보다 믿기지 않는 듯 고개를 흔들었다.

스포츠카들이 버스의 출발을 알리듯 먼저 떠나고 버스는 출발했다.

단체 MT 때 강촌으로 갔기에 이번 학년 MT는 대천 해수욕장 근처의 펜션으로 정해졌다.

서해안고속도로를 시원하게 내달린 버스는 대천 IC에서 빠져나와 좀 더 달린 뒤 목적지에 이르렀다.

언덕에 위치한 펜션들은 목재로 되어 있어 지어진 지 꽤 되어 보였음에도 고풍스러운 멋이 있었다.

"각자 방 확인하고 들어가세요! 그리고 편안한 옷으로 갈아입고 11시에 운동장에 모여주시기 바랍니다!"

소리를 지르며 학생들의 머무를 방을 확인시켜 주는 한울은 과 대표의 모범을 보여주고 있었다.

"고생해라."

그저 어깨를 한 번 툭 쳐주는 것 말고는 도와줄 것도 생각도 없었다. 준영은 즐기러 온 것이지 고생하러 온 것이 아니었다.

2층 구조로 된 방은 아늑하고 넓었다. 물론 한방에서 자야하는 학생 수가 많긴 했지만 말이다.

적당한 곳에 가방을 놓고 편안한 체육복으로 갈아입었다. 그리고 바로 밖으로 나갔다.

집합 시간까지 30분 정도 남았지만 안에 있는 것보다는 밖에서 좋은 공기 마시는 게 더 좋았다.

준영은 계단처럼 된 조경석에 앉아 따뜻하게 내려쬐는 햇살을 받으며 풍광을 즐긴다.

왠지 모를 포근함에 눈은 감기고 입꼬리는 올라갔다.

하지만 그 포근함은 오래가지 못했다. 학생들이 하나둘씩 나올 때쯤 멀리서 들리는 자동차의 배기음이 빠르게 커졌다.

'시끄럽군.'

한때 준영도 머플러를 개조한 스포츠카를 몰고 거리를 질주할 때가 있었다.

그때는 몰랐지만 지금 들으니 멋있는 것이 아니라 소음에 불과했다.

하필이면 인상을 쓰고 있는 준영의 앞에 두 대의 스포츠카가 섰다.

차에서 내리는 남녀의 얼굴엔 웃음이 가득했다.

간다정은 새초롬한 표정을 짓고 있었지만 문득문득 입꼬리가 올라가는 건 어쩔 수 없었다.

그 모습을 스포츠카 삼인방 중 리더 격인 남세영이 의뭉스럽게 바라보며 웃고 있었다.

'얼마 남지 않았군.'

예쁘다고 콧대를 높이고 있지만 얼마 지나지 않아 자신의 밑에서 교성을 터뜨릴 것이라는 걸 믿어 의심치 않는 그였다.

'응? 근데 저놈은 뭐야?'

근 미래를 상상하며 웃고 있는데 조경석에 앉아 인상을 쓰고 있는 남자가 눈에 묘하게 거슬렸다.

얼굴을 보니 교수는 아닌 것 같았고 선배처럼 보였는데 선배라고 무서워할 그가 아니었다.

"뭡… 니까?"

살짝 고개를 치켜들며 묻는 남세영.

준영은 그의 태도에 다소 어이가 없었지만 싸울 생각은 없었기에 표정을 풀며 말했다.

"시끄러워서."

"스포츠카에 대해 모르는 모양인데……."

"그건 니 생각이고."

뭔가를 설명하려는 세영의 말을 단칼에 잘라 버리고 준영은 운동장으로 걸어갔다.

즐기러 온 것이지 철부지 애들과 말다툼하려고 온 것이 아니었기에 뒤에서 '뭐야'라는 소리가 들렸지만 무시했다.

1학년 MT지만 1학년만 가는 것은 아니다. 담당 교수도 가게 되고 제어할 수 있는 선배들도 참석했다.

그들이 앞에 있어서일까?

과 대표 한울이 하는 말에 불만이 있는 사람도 있을 텐데 아무도 반론을 제기하지 못하고 있었다.

"…40분 동안 팀별로 팀 구호와 노래를 만들어주시면 교수님께서 보시고 순위를 정하게 됩니다. 그럼 순위에 맞게 저기 놓인 음식들로 점심을 해 드시면 되는 겁니다. 오후에도 마찬가지로 팀별 성적으로 저녁이 결정되니 열심히 하기 바랍니다."

옛날 인기 있었던 '1박 2일'의 복불복이 이번 MT의 핵심이었다.

"아! 그리고 이 시간 이후로 이곳 펜션을 빠져나갈 수 없습니다. 교수님의 엄명이니 따라주시고요. 혹 나갈 일이 있는 분들은 저에게 말해주시면 됩니다."

사건 사고의 책임은 인솔 교수에게 있으니 당연한 조치였고 복불복에 집중하게 만들기 위한 방책이었다.

팀은 5개 팀으로 금방 정해졌다.

팀장은 선배들이 맡았는데 원활한 진행과 통솔을 위한 것이었다.

"안녕하세요. 2학년 김기춘입니다."

팀원이 된 다른 학생들은 다 알았지만 스물네 살 먹은 준영은 처음 보았기에 김기춘이 조심스럽게 먼저 인사를 했다.

준영은 그의 마음 씀씀이가 고마워 한마디 했다.

"선배님, 사적으로만 서로 존대하기로 하고 여기서는 편하게 하세요."

김기춘은 준영의 말에 다소 의외라는 표정을 짓다가 곧 웃으며 말했다.

"후배님이 그렇게 말해주니 고맙네요. 지금부터는 편하게 말할게. 자, 일단 구호하고 팀가를 정해야 하는데 좋은 생각이 있는 사람?"

준비 시간은 40분.

구호에 팀가, 거기다 율동까지 곁들여야 하니 많이 부족한 시간이었다.

그러다 보니 간단하면서도 모두가 아는 노래가 좋았고, 개사도 쉬워야 했다.

쉴 새 없이 말들이 오고 갔다. 1학년이 의견을 내면 2학년 선배가 간단하게 심사를 했다.

준영은 딱히 이런 쪽으로 머리가 돌아가지는 않았다. 그래도 의견을 내야 했기에 하트홀릭의 노래 중 구호로 쓸 만한 부분에 구호를 붙여 말해보았다.

"King of king, 컴퓨터학과는 어때요?"

"오! 그거 괜찮다. 일반적이지 않고 입에도 쫙쫙 달라붙고 괜찮네."

선배의 말에 1학년들도 한 번씩 해보더니 좋다고 했다. 구호는 그렇게 정해졌다.

40분은 금방 지났다.

어설픈 구호와 팀가, 그리고 거기에 맞춘 단순하기 그지없는 율동이 만들어졌다.

하지만 그 짧은 시간이 의미가 없었던 건 아니었다. 무엇보

다도 중요한 것은 어느 정도 친해진 하나의 팀이 만들어졌다
는 것이다.

교수님의 심사가 이어졌고 준영의 팀은 2등을 했다.

점심을 준비하는 시간.

"오빠, 이거 좀 썰어다 줘."

"오케이!"

준영은 요리에 관해선 맛있게 먹는 것밖에 몰랐다.

그러니 잡일이라도 도울 수밖에 없었다.

수정의 말에 준영은 감자를 들고 싱크대로 가 씻은 후 먹기
좋은 크기로 깍둑썰기를 했다.

"여기."

"카레 안에다 넣으세요. 그리고 저어주시고요."

준영은 두말하지 않고 시키는 대로 했다.

점심시간은 준비 시간과 먹는 시간까지 1시간 30분. 이후
에 다시 운동장에 모여야 하니 빨리 움직여야 했다.

귀찮은 일이었지만 즐거운 일이기도 했다.

그렇게 움직이는 동안 서먹서먹하던 관계가 차츰 좋아지
고 있었기 때문이었다.

"수정아, 맛있다!"

2등을 했지만 풍족한 먹을거리를 기대하긴 힘들었다. 딱
카레를 만들 정도였다.

하지만 준영에게는 어떤 요리보다도 맛있었다.

"오빠는 음식을 참 맛있게 먹는다."

"실제니까."

"응?"

"아니, 실제로 맛있으니까 맛있다고 하는 거야."

준영은 자신이 가상현실의 프로그램임을 인정한 다음부터 현실에 더욱 애착을 가졌다.

음식을 먹는 것도, 풍광을 보는 것도, 즐겁게 노는 것도. 물론 일하는 건 제외였다.

"커피는 내가 탈게요."

다른 학생이 커피를 준비했다.

"근데, 후배님."

"말하세요, 선배님."

"혹시 TV나 어디 나온 적 있어요? 낯이 많이 익네요."

준영은 순간 뜨끔했다. '천국과 지옥'이라는 기사 때문에 검색어 순위에 오를 정도였으니 얼굴이 팔릴 만큼 팔렸다고 봐야 옳을 것이다.

하지만 그 후 머리 스타일을 완전히 바꾸고 양복도 가급적 입고 다니지 않았다.

"하… 하! 워낙 평범해서 그런 소리 많이 들어요. 그 영화 배우 중 조연으로만 나오는 그 사람도 닮았잖아요."

"아… 아! 맞다. 형, 진짜 그 사람 많이 닮았다."

한순간 영화배우 닮은꼴이 되어 관심을 받았지만 들키지 않는 게 다행이었다.

오후 일정이 시작되었다.

씨름도 하고, 닭싸움도 하고, 줄다리기도 하고, 이긴 팀은 음료수도 먹고, 막걸리도 먹고, 맥주도 먹었다.

복불복답게 한 게임마다 상품이 걸려 있었고, 마지막에 점수를 합산해 저녁 복불복이 있을 예정이었다.

즐거웠다.

이기고 지고를 떠나 응원을 한다고 소리치고, 이겼음에 기뻐하고, 몸을 부딪치며 놀다 보니 동기들과 금방 친해지고 웃고 떠들 수 있었다.

즐거움에 웃음이 끊이지 않는 팀이 있는 반면 그렇지 못한 팀도 있었다.

현수와 경민은 스포츠카 삼인방과 한 팀이 되었는데 서로 삐거덕거리다 보니 게임이 잘될 리가 없었고, 자연 게임을 하는 동안 내내 인상을 쓰고 있었다.

"마지막으로 4대4 족구입니다. 선수들 뽑아주세요."

과 대표 한울의 말에 팀원들 얼굴이 준영을 향하며 묘한 웃음을 짓는다.

예비역인 준영이 있으니 걱정이 없다는 표정이었다.

준영은 족구에 대해 생각하자 군대에서 족구를 하던 기억이 떠올랐다.

'꽤 잘했군.'

이 몸의 원주인인 준영은 족구로 포상 휴가를 받은 적도 있었다.

"후배님이 나서주셔야겠네요. 이번에 1등 하면 우리가 저녁 복불복 1위이니 힘 좀 써주세요."

"오빠, 군에서 많이 해봤지? 파이팅!"

족구를 시작하면 훨훨 날 것 같았기에 준영은 고개를 끄덕였다.

5개 팀이다 보니 한 팀은 부전승으로 바로 결승행이었는데, 준영은 부전승이라 적힌 종이를 뽑았다.

"오~와! 후배님, 최고! 일단 무조건 2등은 확보하고!"

"형, 짱!"

다들 기뻐하는 모습을 보니 준영도 꼼수를 부리길 잘했다고 생각했다.

지금까지 모든 시합에서 같은 종이를 사용했는데, 준영은 부전승이라 적힌 종이를 뽑은 사람들이 그 종이를 들고 어떻게 행동하는지 기억해 두고 있었다.

다른 것보다 좀 더 구겨지고 너덜너덜해진 게 부전승이 적힌 종이였다.

족구 시합은 15점 단세트였기에 금방 준영의 팀 차례가 되었다.

상대 팀에는 어린 시절 축구를 했던 이도 있었고, 팀장을 맡은 3학년은 예비역이었다.

"후배님, 공격을 보실래요? 수비를 보실래요?"

"수비요."

기억 속의 위치가 좌측 맨 뒤였기에 준영은 좌측 맨 뒤쪽에서 공을 받기로 했다.

"플레이볼!"

족구가 시작됐다.

상대편의 서비스.

예비역이었던 학생이 준영이 쪽으로 공을 날렸다.

'머리!'

퉁!

머리에 맞은 공은 정확하게 팀원에게 패스되었다.

"나이스! 마이 볼!"

뻥!

준영 팀의 팀장을 맡은 기춘은 족구 실력이 괜찮았다. 다리를 들어 올려 정확하게 구석으로 공을 내리꽂았다.

출발이 좋았다.

과연 기억처럼 될 것인가 걱정하던 준영도 제법 자신감이 생겼다.

준영 팀도 강했지만 상대도 만만치 않았다.

시소게임이 이어지며 13:14.

준영 팀이 지고 있는 상황에서 기춘이 찬 공을 예비역 선배가 멋지게 받아내 공을 살렸다.

그리고 한 명이 공격하기 좋게 축구 선수였던 학생 앞에 공을 떨어뜨려 줬다.

"하압!"

기합과 함께 발이 포물선을 그리며 멋지게 공을 찼다.

공은 준영의 팀 중간 정도에서 한 번 튕기며 빠르게 준영에게로 날아왔다.

'머리? 다리?'

공의 높이가 어중간했기에 순간 고민을 하게 된 준영.

어느새 가까워진 공 때문에 결론을 내려야 했고 준영은 본능적으로 가슴 트래핑을 하려는 듯 몸을 쭉 앞으로 내밀었다.

퍼억!

오우~~

운동장 전체에서 안타까움이 가득한 감탄사가 터져 나온 후 조용해졌다.

"……!!"

준영은 입을 딱 벌렸고, 양손이 저절로 앞으로 향했다. 그리고 서서히 주저앉았다.

하늘이 노래질 정도로 아팠다.

하지만 그보다 눈물이 날 정도로 쪽팔렸다.

'니미…….'

준영은 결국 바닥에 새우처럼 웅크리며 누웠다.

그런 그의 귓속으로 킥킥거리는 웃음소리가 천둥소리처럼 크게 들려왔다.

"형, 괜찮아요?"

"…어, 응."

눈이 반달 모양이 되어 묻는 동기들에게 뭐라고 할 수도 없고 준영은 죽을 맛이었다.

모른 척해주는 게 예의건만 예의를 아는 학생들은 아무도 없었다. 심지어 선배들이나 교수님도 예의라곤 쥐뿔도 없었다.

그래서 괜찮으냐는 질문을 스무 번이 넘게 들었고 똑같은 대답을 그만큼 해야 했다.

덕분에 이젠 굳이 아는 척을 하지 않아도 1학년 중에 준영을 모르는 사람은 없었다.

저녁을 먹고 시가를 피우며 하초의 아픔과 가슴의 아픔을 씻어보려 하지만 쉽게 지워지지 않았다.

"형~"

"형님~"

"왜?"

현수와 경민이 친근한 목소리로 다가왔지만 준영의 대답은 싸늘하기만 했다.

가장 크게 웃고, 가장 크게 놀린 녀석이 저 둘이었다.

"아직 아프세요? 큭……!"

"죽고 싶냐? 온 이유나 말해."

다시 웃으려는 현수를 싸늘하게 쳐다보았고 그는 웃음을 참느라 말을 하지 못했다.

그러자 경민이 말을 했다.

"형님, 혹시 남는 저녁 없습니까?"

"굶었냐?"

"네, 그 자식들을 보고 있자니 밥이 넘어가야지 말입니다. 그래서 그냥 나왔습니다."

"안에 들어가 봐. 삼겹살도 제법 남았을 거야."

"알겠습니다!"

두 녀석은 말이 끝나기 무섭게 방으로 들어갔다.

저녁을 먹은 다음은 캠프파이어와 술판이 기다렸다.

인솔 교수님의 간단한 기념사를 끝으로 쌓여 있던 장작더미에 불이 붙었고, 그 화염을 보며 본격적인 술판이 벌어졌다.

분위기는 좋았지만 준영은 취해서 정신이 흐려지는 걸 좋아하지 않았기에 즐길 정도로만 마셨다.

밤이 되면서 쌀쌀해졌기에 하나둘 방으로 향했고, 일부는 약해지는 캠프파이어 주변으로 모여 술을 마셨다.

준영도 안으로 들어갔다.

안에서 먼저 온 학생들은 술을 마시며 고스톱이나 포커를 하고 있었다.

"형도 낄래요?"

고스톱을 치던 학생들이 한쪽 자리를 만들어줬다.

"그러자."

돈을 따고자 해서 하는 것이 아니었다. 그저 고스톱을 치며 친해질 수 있다는 의미가 더 컸다.

고스톱은 타짜가 끼거나, 그날 불운이 끼거나 하지 않는다면 돈은 그저 돌고 돌 뿐이었다.

그 말을 증명이라도 하듯 두 시간 가까이 쳤는데 이만 원밖에 잃지 않았다.

"난 여기까지 할게. 너무 졸리다."

적당히 놀았다는 생각에 준영은 자리에서 일어났다.

"형, 얼마나 잃으셨어요?"

가장 돈을 많이 딴 녀석이 개평이라도 줄듯이 물었다. 준영은 피식 웃으며 말했다.

"마음만이라도 고맙다. 재미있게들 놀아라."

그리고 막 다락방으로 올라가려는 순간 현수와 경민이 들어왔다.

표정을 보니 삼인방과 같이 잠도 자기 싫은 모양인지 완전히 우거지상이었다.

하지만 우거지상인 이유는 다른 데 있었다.

"돈을 빌려달라고?"

"네, 삼인방 녀석이랑 포커 치다 둘 다 날렸거든요. 방에 있는 녀석들도 다 날렸어요."

"얼마나?"

"한 이십… 십만 원 정도면 돼요."

충분히 빌려 줄 수 있었다. 한데 왠지 옆에 있는 경민의 표정을 보니 그 정도로는 어림없어 보였다.

그래서 경민에게 물었다.

"판 크냐?"

"예, 형님. 꽤 큽니다. 이십만 원 가지고는 어림도 없을 겁니다."

"그래?"

장난이 아닌 도박판이 벌어지고 있다는 걸 알 수 있었다. 특히나 삼인방을 생각한다면 더 커질 가능성이 높았다.

"가보자. 나도 한판 해야겠다."

현수와 경민의 방은 1층엔 학생들이 자고 있었고, 2층 다락방에서 판이 벌어지고 있었다.

"아봉(에이스 트리플)!"

"줄(스트레이트)."

삼인방과 1학년 두 명 해서 다섯이 포커를 치고 있었는데 막 한 명이 돈을 다 잃었는지 자리에서 일어나고 있었다.

준영은 경수에게 20만 원을 쥐어 주며 포커 판으로 들어가라는 눈짓을 보냈다.

"또 너냐? 찔끔찔끔 가져오지 말고 한 번에 확 가져와라."

"말로 포커 치냐? 돌려."

남세영의 이죽거리는 말에 현수가 차갑게 받아쳤다.

준영은 삼인방의 하는 양과 포커 판을 유심히 바라보았다.

속임수는 없었다.

또한 카드를 섞는 모습을 봐서는 딱히 카드를 잘 친다고 볼
수도 없었다.

그럼에도 불구하고 삼인방 앞에 돈이 차곡차곡 쌓이는 건
돈의 위력이었다.

어떤 카드를 들고 있든 돈으로 찍어 누르니 카드가 계속 잘
들어오지 않는 이상 잃을 수밖에 없었다.

현수는 처음 10만 원을 넣어 40만 원을 땄지만 삼인방의 돈
질에 한번 밟혀 40만 원을 잃은 후엔 자신감을 잃고 차츰 고
사해 버렸다.

"…미안해요, 형."

"잠깐 옆에 있어. 내가 앉아도 될까?"

"아! 아까… 앉아……."

'요'는 입만 벙긋거리는 수준이었지만 준영은 웃으며 자
리에 앉았다.

"학교……."

학교라는 말은 처음 카드가 돌기 전에 기본적으로 내는 돈
을 말한다.

뒷말은 하지 않고 손가락으로 바닥을 톡톡 치는 남세영의 행동에 아미가 순간 살짝 찌푸려졌지만 준영은 곧 다시 웃는 얼굴로 말했다.

"천 원이지?"

1,000원을 내자 카드가 돌아왔다.

세 장의 카드가 앞에 놓이자 준영은 카드를 들어 올려 확인한 후 가장 높은 A(에이스)를 바닥에 놓았다.

준영의 다음 카드로 또 A가 떨어졌다.

벌써 에이스 원 카드.

"운이 좋네."

삼인방은 딱히 신경 쓰지 않는 것 같았다.

"하프지? 2천 원."

하프(half)는 바닥에 놓인 돈의 반까지 돈을 지를 수 있다는 얘기였다.

"받고 4천 더."

준영의 왼쪽에 앉은 삼인방 중 한 명이 비릿한 웃음을 지으며 4천 원을 더 레이스—돈을 더 올리는 것—를 했다.

"4천 받고 8천 더."

"8천 받고 만 6천 원 더."

마치 짠 듯이 돈을 올리는 삼인방. 옆에 있던 학생이 결국 카드를 내려놓고 일어섰다.

"또 한 명 죽으시고! 킥킥킥!"

일어선 학생의 얼굴이 구겨졌지만 그것마저도 기쁘다는 듯 킬킬대는 삼인방을 보니 준영의 기분이 나빠졌다.

"1만 6천 받고 3만 2천 더."

준영이 그들의 레이스를 무서워할 리가 없었다.

삼인방도 마찬가지였는지 한쪽 입꼬리를 올리고 다시 받았다. 다시 한 바퀴가 돌자 준영이 내야 할 돈은 256,000원에서 32,000원을 뺀 금액이었다.

"받고 레이스! 512,000원."

일단 224,000원을 낸 준영은 지갑에서 돈을 꺼내 다시 판에 돈을 넣었다. 그리고 아예 보라는 듯 지갑에 있는 돈을 일부를 꺼내 놨다.

수표에서 현금까지.

언제 무슨 일이 있을지 몰라 항상 들고 다니는 돈이었다.

"……."

삼인방의 표정이 처음으로 굳었다. 두 명이 남세영을 봤지만 남세영은 준영을 뚫어지게 쳐다봤다.

세 사람은 512,000원씩을 내고 따라 들어왔다.

준영의 다섯 번째 카드는 클로버 5.

"뒤에는 거슬리니까. 백!"

준영은 백만 원권 수표를 한 장 던졌다.

"죽었어요."

한 명이 카드를 덮었다.

"콜."

"다이(die)."

남세영만 빼고 두 사람은 들어갔다.

여섯 번째 카드. 준영은 역시나 200만 원을 넣었다.

"……."

남세영은 굳은 얼굴로 카드를 덮었다.

"뭐야? 이러면 얼마나 된다고. 쩝!"

준영은 일부러 도발을 하며 안에 쌓였던 돈을 자신의 쪽으로 긁어왔다.

"현수야."

"네? 네, 형님!"

"돈 좀 정리해라. 아까 준 이십만 원은 빼주마."

"알겠습니다!"

현수는 경민을 닮아가는지 딱딱한 어투로 대답을 한 후 돈을 정리했다.

준영의 패턴은 똑같았다. 무조건 바닥 돈의 절반을 레이스 했다.

물론 세 사람이 돈을 걸지 않으면 아무리 준영이 돈을 건다고 해도 한계가 있었지만 준영이 살살 약 올리며 하자 금방 자멸했다.

"뭐야? 재미있다고 해서 왔는데 꼴랑 이게 다야? 잠이나 잘 걸 괜히 왔네."

삼인방의 지갑 속 돈까지 몽땅 챙긴 준영이 어이없다는 듯 말했다. 그리고 일어나면서 삼인방이 들으라는 듯 한마디 했다.

"거지들도 아니고……."

준영에게 돈을 잃고 화를 삭이던 남세영의 머리가 순간 돌았다.

"뭐, 이 새끼야!"

"입 좀 조심하지? 고작 푼돈 잃어놓고 아까워서 그러는 거야?"

"으득!"

"은행이라도 있으면 당장 달려갈 기세네? 통장에 돈 있으면 차용증 쓰고 받아줄게. 그럴 용기 없음 아가리 닥치고 자라."

준영은 남세영을 다시 긁었다.

"…좋아, 오늘 끝까지 가보자. 너희들도 통장에 돈 있지? 해보자."

"좋아! 씨발! 돈지랄이 뭔지를 보여주지."

"콜! 나도 낀다."

삼인방이 의기투합하는 걸 지켜보던 준영은 굳은 얼굴에 입만 웃고 있었다.

'그래, 끝을 보여줄게.'

웬만하면 애들 돈만 찾아주고 끝내려고 했다. 하지만 삼인방의 행동에 화가 나버린 것이다.

"경민아."

"네, 형님. 말씀하십시오."

"이 층 올라오는 계단 지키고 있다가 다른 사람들 못 들어오게 해라. 교수님이나 선배님들 오시면 신호 주고. 현수야, 넌 가서 종이랑 펜 좀 가져와."

"알았어요."

준영은 채비를 마치고 다시 포커 판에 앉았다.

"계좌 까봐."

스마트폰으로 보여주는 삼인방의 계좌엔 학생들이 쓰기엔 큰 금액이 들어 있었다.

"쓸 만큼은 있네. 근데 지금 이대로라면 밤새도록 해도 끝이 안 날 것 같은데?"

"내가 봐도 그러네. 학교 만 원씩 하고 풀 베팅으로 해. 쫄리면 사과하고 빌면 용서해 준다."

남세영이 준영을 도발했다. 그러나 도발당한 건 현수였다.

"야, 이 새끼야, 이 형, 올해 스물넷이야. 혀가 반토막이냐? 왜 자꾸 반말이야!"

"씨발! 노름판에서 나이가 무슨 상관이야. 안 그래, 형 씨?"

"응, 맞아. 현수는 조용히 돈이나 계산해."

"예… 형."

준영은 현수를 다독이곤 세 사람에게 천만 원씩을 줬다.

"왜 천만 원뿐이야?"

"나머지는 종이에 적어서 할 거야."

준영은 현수가 가져온 종이를 찢어 천만 원짜리를 만들었다.

돈이 부족하다니 이해할 수밖에.

카드는 다시 시작되었다.

애초에 상대가 되지 않는 게임이었다.

준영은 현수가 할 때 카드 순서를 몽땅 외웠다.

보통 카드를 칠 때 일곱 장까지 받는다고 할 때 네 장은 보이게 펼쳐진다.

한데 다이를 하며 카드를 접을 때 습관처럼 순서대로 주루룩 모아 덮는다.

그런 식으로 기억해 놓고 카드 서플을 할 때 카드가 몇 장씩 겹쳐지는지만 눈여겨본다면 모두 기억하기 어렵지 않았다.

물론 500장이 넘는 카드를 머릿속에 통째로 외울 수 있는 준영이기에 가능한 얘기였다.

삼인방의 돈은 급격히 줄어갔다.

특히 남세영은 가장 많은 돈이 있었는데 가장 빨리 떨어지고 있었다.

상대 카드를 아는 상황에서는 게임이 될 수가 없었다.

상대가 패가 높으면 죽고, 낮으면 도발해서 왕창씩 따버리니 버틸 재간이 없었다.

카드 배열이 딱 좋았다.

그래서 준영은 끝을 내기로 마음을 먹었다.

'에이스 세 장!'

남세영은 시작부터 에이스 세 장을 들었기에 기쁜 표정을 감추려고 노력했다.

눈앞에 은근히 비웃고 있는 듯한 준영의 패가 조금 더 잘 들어오길 바라며 삼인방 중 두 명에게 지원을 해달라는 눈치를 보냈다.

판은 처음부터 컸다. 레이스에 레이스를 더하다 보니 돈은 어느새 수북이 쌓여 있었다.

'이번 판만 먹으면……!'

여섯 번째 카드를 받는 순간 남세영은 에이스 풀 하우스─ 카드 서열 중 네 번째─를 만들었다.

준영의 패를 보니 스트레이트─숫자 연속─나 플러쉬─그 림 다섯 장이 일치─를 만들기 위해 노력하고 있는 것 같은데 뭐가 됐든 자신의 패보다 낮은 패였다.

두 사람에게 눈치를 주어 죽게 만들었다. 굳이 더 이상 친 구들의 돈을 넣게 할 필요가 없었기 때문이다.

일곱 번째 카드가 준영과 남세영에게 주어졌다.

남세영이 레이스를 먼저 해야 했는데 얼마를 할지 고민을 했다.

"천만!"

'한 번만 레이스를 해줘! 한 번만.'

자신의 통장에 있던 마지막 돈을 넣었다. 그리고 준영이 '콜'을 하지 말고 '레이스'를 해주길 바랐다.

그래야 자신이 다시 레이스를 할 수 있었기 때문이다.

남세영은 준영의 입을 뚫어지게 쳐다보았다. 그리고 마침내 준영의 입이 열렸을 때 환호를 했다.

"레이스! 받고 사천만!"

"나도 레이스!"

남세영은 기쁜 마음에 준영의 말이 떨어지기 무섭게 받아쳤다.

한데 준영이 스톱을 걸었다.

"미안하지만 넌 더 이상 돈이 없어. 어쩔 수 없네. 콜만 하는 수밖에…….."

준영은 천만 원이라고 적힌 종이 네 장을 판에서 빼내려고 했다.

"잠깐! 구할 수 있어. 이 두 사람한테 빌리면 돼."

남세영은 삼인방 중 두 사람을 바라보며 그들의 판돈을 빌려 달라고 했다.

두 사람은 남세영이 좋은 패를 가지고 있다고 확신하곤 자신들이 가진 돈을 줬다.

그들이 가진 돈은 잔돈 빼고 딱 4천만 원이었다.

"그럼 콜만 되겠네. 레이스 할 돈이 없잖아?"

맞는 말이긴 했지만 남세영은 눈이 뒤집힌 상태였다. 단번에 만회를 하고 준영의 코를 납작하게 만들 기회를 놓치고 싶지 않았다.

그는 열쇠를 꺼내며 말했다.

"차… 받아줄 수 있어?"

"아! 그 시끄러운 차? 굳이 이렇게까지 해야겠어? 그냥 콜만 해. 지금 쌓인 돈이면 너희들 거의 본전은 되겠다. 그리고 혹시나 해서 하는 말인데 돈 잃었다고 징징대거나 노름판의 빚은 빚이 아니라는 등 헛소리할 생각이면 지금 말해. 용서를 빌면 내가 용서해 줄게."

준영은 마지막 기회를 주면서도 비아냥거림은 잊지 않았다.

"씨발! 그딴 소리 안 해! 내일이라도 돈은 찾아서 줄게. 자, 어떻게 할래? 2억이 넘는 차야. 1억이면 돼. 그럼 네 차가 되는 거야! 받아줄 거야, 말 거야!"

"튜닝을 해서 제값 받기도 힘들 텐데… 쩝! 얼마나 좋은 패를 들고 있는지 모르지만 그렇게 하자."

"좋아! 4천만 받고 1억!"

남세영이 쌓인 돈 위에 열쇠를 던졌다.

"콜! 받았어."

준영은 지갑째 던졌다. 그가 들고 다니는 돈은 1억이 조금 넘는 돈이었다.

"퍼!"

남세영이 외쳤다.

콜을 받은 사람이 먼저 카드를 퍼야 했기에 준영이 카드를
보여주며 말했다.

준영이 들고 있는 세 장의 카드는 '4' 세 장이었고 바닥에
'4'가 한 장 깔려 있었다.

"4 포 카드. ―세 번째로 높은 카드― 이보다 높으면 너, 먹
어."

"……."

남세영은 몸을 부들부들 떨며 카드를 떨어뜨렸다.

돈을 잃었다는 생각, 준영에 대한 분노, 자신에 대한 자괴
감 따위가 머릿속을 헤집고 있었다.

"어? 에이스 풀 하우스였네. 그럼 내가 이겼네! 시끄러운
차지만 내일은 편히 가겠네."

준영은 희희낙락하며 바닥에 있는 돈과 삼인방이 쓴 차용
증, 그리고 자동차 키를 챙겼다. 그리고 얼이 빠져 있는 현수
의 어깨를 툭 치며 말했다.

"야, 가자."

"…네? …네."

현수를 먼저 계단으로 내려 보내고 준영은 넋이 빠져 있는
삼인방에게 싸늘한 표정으로 말했다.

"내일 아침에 무릎 꿇고 빌면 차용증과 차 키는 돌려주마. 그리고 까불지 마라, 애송이들."

준영은 그 길로 현수와 경민을 데리고 건물에서 나왔다.

"형님……?"

"왜?"

"어쩌실 생각이십니까?"

준영은 자신보다 키가 큰 현수와 경민이 걱정스런 표정을 짓고 있는 게 꽤 귀엽게 느껴졌다.

"뭘 어째. 너희들만 입 다물면 조용해질 거야. 너희는 저 셋이 사과를 할 것 같아?"

"돈이 얼마며 차가 얼만데 안 하겠습니까?"

"내일 두고 보면 알겠지만 안 할 거야."

"어떻게 확신을 하시는 겁니까?"

"글쎄……."

준영은 뒷말을 삼키고 속으로 말했다.

'잘난 자존심 때문이겠지.'

준영은 두 사람에게 입단속을 다시 한 번 시키고 잠을 자러 갔다.

습관이 되어 아침 일찍 일어난 준영은 어제 벌어졌던 술판의 흔적을 대충 정리하고 밖으로 나갔다.

아직 해는 떠오르지 않았지만 여명 때문에 주변을 식별하는 데는 무리가 없었다.

괜스레 어제 욱해서 카드를 친 것이 약간 걸리긴 했지만 이미 벌어진 일. 어쩔 수 없었다.

그렇게 산책을 하고 있는데 삼인방이 걸어왔다.

'역시나.'

어제의 패배는 잊었는지 남세영의 얼굴은 학교에 스포츠카를 몰고 왔을 때처럼 자신감이 넘치고 있었다.

그래도 물어볼 것은 물어봐야 했다.

"사과를 하러 왔나?"

"훗! 사과하지 말았으면 했던 거 아닌가? 그리고 난 사과를 할 생각 없어. 계좌 번호나 불러."

준영이 계좌 번호를 부르자 삼인방은 동시에 스마트폰을 만지작거렸고 준영의 스마트폰이 세 번 울었다.

"차 서류는 당신 회사, 성심미디어로 보내주지. 안준영 씨."

"이런, 나에 대해 알아본 건가? 뭐 어찌 되었든 잘 쓸게."

"몰라본 대가라 해두지. 하지만……!"

남세영은 당장에라도 준영을 잡아먹을 듯이 노려보며 말을 이었다.

"이게 끝이라고 생각하지 마!"

그 말을 끝으로 삼인방은 휙 돌아서 가버렸다. 그리고 시끄러운 배기음이 들리더니 펜션에서 차츰 멀어진다.

"여전히 시끄럽군. 마지막 한 대도 뺏을걸 그랬나?"

경고를 받았지만 딱히 위협적이지 않았다.

"애송이들, 남을 잡아먹을 생각이면 잡아먹힐 준비도 해두라고. 아니면……."

준영은 뒷말을 삼키며 걸음을 과 대표 한울이 있는 방으로 향했다.

차와 공돈이 생겼으니 대천항에 가서 해산물을 사올 생각이었다.

10장

세상은 그리 삐딱하지 않았다

퓨텍 제1전산실.

백여 명의 직원들이 오늘도 고글을 쓰고 '마더'의 상태를 살피고 있었다.

멀리서 보면 모두가 쉴 틈 없이 열심히 일하는 것 같지만 실상은 달랐다.

특별한 변화가 없는 모니터를 하루 종일 보고 있자면 졸기 일쑤였고 채팅은 생활이었다.

데이터베이스 모니터링 팀의 구석균은 어제 있었던 단체 소개팅에 대해 동료와 채팅 중이었다.

─둘만 사라졌던데 도대체 어디 갔었던 거야?

구석균은 동료의 글에 씨익 웃어 보이곤 손을 움직였다.

―허어! 남녀 간의 일을 함부로 말할 수 있나?

―헛소리 말고 빨리 얘기해 봐.

―그럼 오늘 점심 니가 쏘는 거다.

―그래, 쏘마. 졸려 죽을 것 같으니까 빨리 얘기나 풀어봐.

―알았어. 그만 채근해. 그러니까 한참 술을 먹고 있는데 그녀
의 손이…….

―말줄임표 따위 쓰지 마!

전산실 직원들답게 타자를 치는 속도는 타의 추종을 불허
할 정도로 빨랐다.

구석균은 최대한 감칠나게 글을 적으려고 노력했고 그의
글이 길어지면 질수록 동료의 채근은 심해졌다.

'흐흐흐! 슬슬 마무리 지어볼까?'

적당히 놀았다고 생각한 구석균이 클라이맥스 부분을 글
로 적으려는 찰나…

화면 가운데 있던 그래프가 갑자기 치솟기 시작했다.

데이터베이스의 정보를 누군가가 읽고 있다는 소리였다.

"엇! 비, 비상!"

구석균은 보고 요령까지 잊을 정도로 깜짝 놀랐다.

그가 퓨텍에 입사한 지 3년이 넘었지만 처음 보는 현상이
었고, 데이터가 외부로 빠져나가고 있었기 때문이다.

"마더의 데이터가 외부 네트워크로 흘러나가고 있습니다!"

네트워크 팀원 중 한 명이 외쳤다. 하지만 그것은 시작에 불과했다.

"마더의 CPU 사용량이 99퍼센트입니다!"

"마더의 컨트롤이 불가능합니다!"

"마더의······."

제1전산실의 직원 백여 명이 동시에 보고를 하는 모습은 아비규환이었다.

탕!

화상으로 제1전산실 실장의 긴급 보고를 받던 장두호는 책상을 치며 벌떡 일어났다.

"조, 조치는?"

─지금 모든 홈페이지에 공지를 올리고 외부와의 접속을 끊을 준비를 하고 있습니다.

"당장 끊어."

─하, 하지만······.

"해명은 나중에 해도 돼! 당장 끊으라고!"

─아, 알겠습니다. 당장 외부 네트워크와 접속을 끊어.

장두호의 명령을 받은 전산실장은 고개를 돌려 직원에게

명령을 내렸다.

다시 자리에 앉은 장두호는 깍지 낀 두 손으로 턱을 받치며 결과 보고를 기다렸다.

하지만 옆에 있는 직원에게 보고를 받는 전산실장의 표정이 점점 굳어지는 걸 본 장두호는 네트워크 단절이 실패했음을 알 수 있었다.

―저, 접속을 끊을 수가 없답니다.

"외부 네트워크로 나가는 게이트웨이 장비를 부숴요."

―네?

"귀에다 당나귀 X이라도 처박은 거야? 내일부터 집에서 애 보기 싫으면 내 말 들어!"

―…알겠…….

장두호는 신경질적으로 화상통신을 꺼버렸다. 그리고 화가 가시지 않는지 소리쳤다.

"저딴 인간을 전산실의 책임자로 두다니… 멍청한 새끼들!"

한참 욕을 하고 있는데 그의 아버지인 장덕수로부터 화상통신이 도착했다.

장두호는 통화 버튼을 누르며 말했다.

"예, 회장님."

회장님이라 부르는 아들이 못마땅하다는 듯 표정 짓던 장덕수는 현 상황이 농담할 상황이 아니었기에 연락한 목적을 말했다.

―마더에 대한 보고를 받았다. 오늘 상황을 보니 아무래도 네 예상대로 그 늙은이가 마더 안에 수작을 부려놓은 것 같구나.

"확실하지 않지만 저도 오늘 일이 박교우 박사와 연관이 있다고 생각합니다."

―그렇다면 준비한 걸 쓸 생각이겠구나.

"예, 안 그래도 그 때문에 전화드리려 했습니다."

―특별 대응 팀에 대한 전권을 네게 주마.

특별 대응 팀은 박교우 박사의 마지막 말이 걸려 퓨텍의 시작과 함께 만들어놓은 곳이었다.

―기우이길 바라지만 실제로 존재한다면… 깔끔하게 처리해야 할 게다.

"알겠습니다, 회장님!"

장덕수와 화상통신을 마친 장두호는 어디론가 전화를 걸었다.

―말씀하십시오.

무뚝뚝하고 사무적인 중년 사내의 목소리에 장두호는 싸늘한 목소리로 명령을 내렸다.

"특별 대응 팀을 움직여라."

5년간 엄청난 돈을 쏟아 만든 특별 대응 팀은 대부분이 군

특수부대 출신과 용병들로 이루어진 단체였다.

퓨텍의 안전을 위협하는 자들의 제거가 제1목적인 그들이 움직이기 시작했다.

＊　　　＊　　　＊

준영은 자신의 사무실에서 계약서의 마지막 부분에 서명을 하고 있었다.

서명을 마치고 한 부는 자신이, 다른 한 부는 상대에게 건네며 준영이 말했다.

"어댑터—적외선 응용프로그램—를 이용해 좋은 게임 만드시기 바랍니다."

"감사합니다. 저희는 매출로 보답하겠습니다."

"저야말로 감사합니다. 부디 대박 나십시오."

준영은 일어나 악수를 한 후 엘리베이터까지 배웅을 했다.

"웃는 얼굴이지만 속으로는 욕하고 있을걸."

갑작스럽게 뒤에서 나타나 말한 이는 능령이었다.

한두 번 당한 것이 아니었기에 준영도 더 이상 놀라지 않았다.

"원래 사람들의 시기심에는 끝이 없죠. 그래서 돈 많이 버는 사람들은 욕을 먹게 마련이고요. 하긴 진 대인에 비한다면 아직 새 발에 피겠죠?"

"오호! 이젠 가족까지 건드리겠다?"

"칭찬이에요. 칭찬."

준영은 능령을 피해 사무실로 들어갔지만 따라 들어온 능령은 자신의 사무실처럼 소파에 앉았다.

말은 하지 않았지만 차를 내놓으라는 말과 같았다.

"한국 경제는 퓨텍에 대한 의존성이 너무 강해."

차를 준비하는 동안 능령이 퓨텍의 인공지능 컴퓨터가 오류로 멈췄다는 1면 기사를 보면서 말했다.

"대한민국의 절반이라 불리는 곳이니 당연하죠."

"어떻게 될 것 같아?"

"스무고개 하듯 뜬금없이 묻지 좀 마요. 그리고 네트워크 장비 하나 고장 났다고 망하는 회사가 어디 있어요?"

"아무 일 없을 거다?"

"새로운 가상현실 프로그램이 나오지 않는 이상 끄떡없어요. 내일 장비를 교체하고 나면 현재 전 세계 인터넷을 도배하고 있는 키보드 워리어들도 얌전히 가상세계로 돌아갈 거예요."

퓨텍의 게이트웨이 장비가 부서지자 가장 난리가 난 건 인터넷이었다.

가상현실에서 살아가던 이들이 갑자기 할 일이 없어지니 그 허전함을 인터넷 공간에 풀어놓고 있었다.

"그리 간단한 문제가 아니라던데?"

"들은 얘기라도 있어요?"

준영은 차를 능령 앞에 놓으며 소파에 앉았다.

사회적 지위에 따라 듣는 정보도 달랐다.

일반인이 '연예인 누가 누구랑 사귄다더라.' 라는 정보를 듣는다면 신문기자들은 A와 B가 사귄다는 정확한 정보를 듣게 되는 것처럼 말이다.

"인공지능 컴퓨터가 문제라는 말이 있어."

"음, 그럴 가능성이 있겠군요. 네트워크 장비 때문이라기엔 증시의 변화가 너무 컸거든요. 그래서요?"

"…그게 끝이야."

아는 것이 있는 눈치였지만 더 이상 묻지 않았다.

띠리링~

독특한 전자음이 울렸다.

며칠 전에야 울리기 시작한 소리였지만 이젠 익숙해져 버린 소리에 준영은 소파에서 책상으로 팔을 뻗어 버튼을 눌렀다.

책상 오른쪽 벽에 화면이 나타났다.

"네?"

―여기 경비실입니다. 사장님의 작은아버지라는 분이 오셨습니다.

준영이 MT를 다녀온 사이 능령은 시킨 일은 물론이거니와 시키지도 않은 일까지 해놓았었다.

그게 바로 경비 시스템이었다.

화면 한쪽에 보이는 남성의 얼굴을 확인한 준영이 말했다.

"맞아요. 들여보내세요."

―알겠습니다.

화면이 닫히고 준영은 일어섰다. 한데 능령이 계속 앉아 있었다.

"안 일어나요?"

"인사 안 드려도 돼?"

시집온 새색시처럼 말하는 능령을 보며 준영은 피식 웃음이 나왔다.

어른에게 인사한다는 사람에게 괜스레 기분 나쁘게 말할 필요가 없었기에 부드럽게 돌려서 말했다.

"저한테 부탁하러 오신 걸 거예요. 한데 누나가 있으면 불편하지 않겠어요?"

"그건 그렇겠다."

능령은 찻잔을 들고 자신의 사무실로 갔고 준영은 엘리베이터 앞에서 기다렸다.

"아, 준영아! 바쁜데 찾아온 거 아니니?"

"아니에요, 삼촌. 안으로 들어가세요."

준영이 삼촌 안형욱을 만난 건 지난 추석과 올 초 설날 때였다.

처음에 만났을 때 살갑게 대하는 안형욱을 보고 기억을 더듬어 보니 장가들기 전까지 가족들과 함께 지냈던 분이었다. 설날 때는 안 받겠다는 걸 어른이 주는 건 받아야 한다면서 기필코 호주머니에 세뱃돈을 넣어줬던 분이기도 했다.

"잘 지내셨어요?"

"응, 나야 항상 그렇지."

"애들은요?"

"나영이야 여전히 피아노 잘 치고 있고, 시영인 여전히 말썽꾸러기지."

준영이 보기에 삼촌이 지나가다가 들르기엔 집이 멀었고, 또한 명절 때와 달리 조금은 저자세였다.

그가 무슨 일로 왔을까 생각을 해보았다.

회사에서 퇴직? 갑작스레 생긴 큰일? 애들 문제?!

문득 머릿속에 떠오르는 것이 있었다.

사촌 동생 나영이가 피아노 신동이라며 추석 때 자랑하던 기억이 났다.

"예체능이 돈 많이 든다던데 나영이 때문에 삼촌이 고생이겠어요."

"고생이랄 게 뭐가 있겠냐. 애들 크는 행복에 사는데. 능력이 된다는데 뒷바라지 제대로 해주지 못하는 게 미안할 뿐이다."

어느 정도 확신이 든 준영이 생각하던 바를 말했다.

"제가 이렇게 말한다고 기분 나빠 하지는 마세요."

먼저 운을 뗀 준영은 말을 이었다.

"애들 학비 걱정은 마세요. 제가 능력이 조금 되니 최선을 다해 도울게요. 그리고 혹 어려운 일 있으면 말씀하셔도 돼요. 우린 가족이잖아요."

안형욱은 준영의 말에 속내를 들킨 것 같아 부끄러우면서도 한편으론 먼저 말을 꺼내준 것이 고마웠다.

하지만 막상 얘기를 하려니 염치가 없는 것 같아 자꾸 주저하게 됐다.

"삼촌이 저 어릴 때 용돈도 주고, 맛있는 것도 사주셨잖아요. 그때의 보답이라기엔 뭐해도 이젠 삼촌께 해드릴 수 있는 게 있으니 편하게 말씀하세요."

"…그럼 염치 불고하고 말하마. 나영이가 유명 학교로부터 유학을 제안 받았다. 학비는 장학금을 받기로 해서 걱정이 없지만 어린 나영이만 보낼 수 없잖니? 그래서 네 숙모와 함께 보내려고 생각을 해봤는데 거주 비용이 만만치 않더구나. 여기저기 알아보고는 있지만 다들 어려운 때라 힘들다는 말뿐이구나."

준영은 삼촌의 말을 듣고 웃으며 말했다.

"말씀 잘 하셨어요. 도와드릴게요."

"고맙다, 준영아."

"별말씀을요. 한데 시영이도 같이 가야죠?"

"엄마랑 떨어질 수 없으니까."

"삼촌은요?"

"나야 여기서 일해야지. 생활비를 보내야 하니까."

"기러기 아빠는 많이 힘들다던데."

"어쩔 수 없잖니."

"가급적 유학 가는 나라에서 삼촌 일자리도 알아보세요. 취업하실 때까지 생활비는 걱정 마시고요."

"아, 아니다. 그렇게까지 할 수야 없지."

"일단 생각은 해보시라고요. 그리고 나영이 유학 갈 학교 가르쳐 주세요. 주변에 집하고 시영이가 다닐 만한 학교가 있는지 제가 알아볼게요."

해주기로 한 거 완벽하게 해줄 생각이었다.

몇 번이고 고맙다고 말하는 안형욱을 겨우 달래서 보낸 준영의 뒤엔 역시나 능령이 서 있었다.

"일 안 해요?"

"휴식 시간."

다했다고 하면 성심테크의 일까지 왕창 떠맡기려 했는데 휴식 시간이라니 할 말이 없었다.

"일은 잘 해결됐어?"

"도움이 필요하다고 해서 도움을 드렸어요."

"이제부터 꽤나 바빠지겠네."

"무슨 말이에요?"

"한 번 도움을 주기 시작하면 온 친척들이 몰려들거든. 그러다 보면 문제가 발생하기 시작해."

"그냥 하는 말은 아닌 것 같군요."

"아버지가 겪었던 일이야. 난 너무 어렸을 때라 잘 몰랐지만 한 가지만은 기억나."

"어떤 기억이요?"

"아버지가 불같이 화를 내시던 모습."

"걱정 마세요. 전 처음으로 돈을 벌고 나서 한 가지 기준을 세웠거든요."

"어떤 기준?"

"가족에겐 세 번, 친척에겐 한 번은 도와준다."

"확실한 거 같으면서도 모호한 거 알지?"

"알아요. 하지만 그때마다 상황이 다른 걸 어떻게 하겠어요. 도움이 없으면 죽을 것 같다 싶을 땐 도와야죠."

"아닐 땐?"

"끊어야죠. 그게 그 사람에게 이득일 테니까요."

"하지만……."

"이젠 휴식 시간 끝! 가서 일하세요, 진 전무님."

능령의 말도 모질게 끊는 준영이었다.

준영은 능령의 말처럼 친척들이 다음 날부터 대거 찾아올지도 모른다는 생각에 마음을 단단히 먹고 있었다.

하지만 기우에 불과했다.

세상은 그리 삐딱하지 않았다.

*　　　*　　　*

간만에 이태원을 왔다.

클럽이 아닌 식도락을 위한 목적이었다.

태국 음식을 먹고 거리를 걸으며 소화를 시킨 다음 터키 음식을 먹었다. 그리고 중국차로 입가심을 한 후, 만두를 먹었다.

배가 꽉 차 더 이상 먹지 못할 때까지 먹다가 소화도 시킬 겸 거리에 앉아 지나가는 사람들을 구경했다.

행복한 표정, 기대에 찬 표정, 화난 표정, 짜증 난 표정, 고통스러운 표정… 응?

고통스러운 표정을 짓고 있는 사내는 더울 텐데도 검은색 코트를 입고 있었고 두 손으로 배를 움켜잡고 있었다.

비틀거리며 걷는 사내의 뒷모습을 바라보다가 준영은 일어나 그가 지나간 길을 살펴보았다.

드문드문 검붉은 색의 액체가 떨어져 있었다.

피였다.

준영은 사내가 한쪽 골목으로 들어가는 걸 보고 고개를 돌렸다.

쓸데없는 일에 휘말리는 건 사양이었다.

하지만 돌아서 걷는 그의 발걸음이 왠지 더뎠다.

찡그리고 있었지만 사내의 얼굴이 준영이 아는 누군가와 무척이나 닮았기 때문이었다.

"…이쪽이야!"

준영의 앞에 검은 와이셔츠에 검은색 바지를 입은 사내가 핏자국을 발견하고 일본어로 동료를 부르고 있었다.

준영의 발걸음이 빨라졌다. 검은색 일색의 일본인들을 지나쳐 주차해 둔 곳으로 향했다.

"젠장! 세상엔 닮은 사람이 셋이 있다고 했는데……."

남세영에게 딴 스포츠카의 소유권을 이전받은 후 가장 먼저 머플러를 바꿨다.

그래서 시동을 걸고 엑셀을 밟았지만 그리 큰 소리가 나지 않았다.

준영은 피를 흘리던 사내가 들어간 골목과 연결된 곳으로 차를 몰았다.

준영이 도착했을 땐 사내는 아까보다 더 비틀거리며 골목을 나오고 있었다.

"타요!"

"……."

"죽기 싫으면 빨리 타요!"

준영이 보조 운전석의 문을 열어주자 뒤를 몇 번 돌아보던 사내는 차에 올랐다.

준영은 차를 출발시켰고 빠르게 이태원에서 용산 쪽으로 차를 몰았다.

시트에 묻어난 핏자국을 보자 경솔하게 움직인 자신이 싫어지는 준영이었다.

그렇다고 버리고 가자니 정말 아는 얼굴과 닮았기에 인상을 쓰며 운전을 할 뿐이었다.

"어, 어디 가는 거지?"

"병원. 차에서 송장치레하긴 싫거든."

"병원에 가면… 더 곤란해질 거야."

"그럼 한강으로 가서 던져 줘?"

"큭! 도와준 이유는 모르겠지만 이왕 도와준 거 끝까지 도와주라고. 하악~하악~"

사내는 긴 얘기를 해서 숨이 가쁜지 힘겹게 숨을 몰아쉬며 숨을 고른 후 말을 계속했다.

"조, 종로구 동인시장 쪽으로 가줘."

뻔뻔했지만 다른 방도가 없었다.

"알았으니까 이젠 입 다물어."

준영은 빠르게 동인시장을 향해 차를 밟았다. 그리고 거의 정신을 잃어가는 그의 말대로 좁은 골목길로 들어가자 허름한 철문이 있었다.

쾅쾅쾅!

준영은 신경질적으로 문을 때렸다.

이 골목에 버려두라는 말이 아니었으면 분명 누군가 있을 터. 나올 때까지 문을 두드렸다.

"어떤 XXX X놈의 시끼가 이렇게 문을 두드려?"

거친 욕설과 함께 철문을 열고 나타난 중년인은 당장에라도 때려죽일 기세로 준영을 노려봤다.

준영은 손을 들고 검지로 차 안에 죽은 듯 누워 있는 사내를 가리켰다.

"저놈은 또 뭐… 경호야!"

눈이 나쁜지 인상을 찌푸리며 차를 바라보던 중년인은 사내를 보고 놀라 소리쳤다.

그리고 차 문을 열고 경호라 불린 사내를 꺼내려고 낑낑댔다.

"이 새끼야! 같이 좀 옮겨."

"욕하지 마요! 사람 구해주고 욕먹으면 당신은 기분 좋겠어요!"

"……."

준영은 중년인에게 짜증을 냈지만 피 흘리는 사내의 이름을 듣는 순간 자신의 예상이 맞아간다는 생각에 서둘러 중년인을 도왔다.

둘이서 낑낑대며 경호를 철문 안으로 옮겨 침대에 눕혔다.

중년인은 바로 조치를 취했다. 그 모습을 지켜보던 준영은 낡은 의자에 앉으며 물었다.

"혹시 그 사람 이름이 민경호는 아니겠죠?"

"맞아. 그런데 넌 누구냐? 경호 이름을 아는 거 보니 수하냐?"

"아뇨, 오늘 처음 본 사람이죠. 혹시 그 사람한테 남동생이 있고 그 남동생이 고구려대 다니는 민경민은 아니죠?"

"너… 형사냐?"

"스포츠카 몰고 다니는 형사도 있어요? 딴소리 말고 제 말에 답이나 해주세요."

중년인은 준영을 몇 번이고 묘한 표정으로 보다가 말했다.

"네 말이 맞아. 민경민이 얘 동생이야."

"젠장! 쯧! …살 것 같아요?"

"새끼가 재수 없게. 근데 넌 누구냐고!"

"경민이 대학 동기요."

그저 경민이와 많이 닮았다 싶어 도와준 건데 경민이 형일 줄은 몰랐다.

어쨌든 차 시트를 버리고 욕은 먹었지만 동기인 경민이 형을 구한 것으로 충분히 위로가 되었다.

"어디가?"

"여기까지 데려다 줬으니 이제 가렵니다."

"갈 때 가더라도 O형이면 피는 주고 가."

"…끝까지 안 도와주는군."

준영의 혈액형은 O형이었다.

중년인 정성엽은 투덜대면서도 피를 뽑고 있는 준영을 흘
낏 보며 묘한 표정을 짓고 있었다.

'특이한 놈이군.'

경민의 대학 동기라는 말도 특이했지만 총알을 찾기 위해
경호의 속을 헤집는 자신을 보면서도 살짝 인상만 쓸 뿐 아무
렇지 않게 다가와 피를 뽑는 모습이 더욱 특이해 보였다.

'이크! 이러고 있을 때가 아니지.'

총알도 찾았고 총알이 옆구리를 뚫고 지나가며 대장이 다
쳤기에 최대한 빨리 수술을 했다.

장비가 열악하다 하지만 피만 있으면 치료하는 것은 어려
운 일이 아니었다.

헌혈을 마친 준영은 일어나려다 어지럼증에 다시 의자에
앉았다.

그리고 정성엽의 빠른 손놀림을 보며 그가 돌팔이는 아니
라는 생각이 들었다.

수술이 끝났고 준영의 어지럼증도 많이 가셨기에 자리에
서 일어났다. 그러자 처음보다 한결 부드러워진 목소리로 정
성엽이 말했다.

"포도당이라도 한 방 맞고 가."

"사양하죠. 여기서 맞으면 더 병이 날 것 같아서."

준영은 주변을 한 바퀴 돌아보며 말했다.

"말하는 싸가지하곤. 경민이에게는 말하지 마라."

"바본 줄 아세요? 참, 깨어나도 그 사람한테 제가 살려줬다는 얘기는 하지 마세요. 귀찮은 건 딱 질색이니까. 안녕히 계세요."

준영은 입으로 인사를 하며 떠났고 정성엽은 장난기 가득한 얼굴로 웃고 있었다.

─사장님, 민경호라는 분이 찾아왔습니다.

"…들여보내요."

정성엽을 욕하면서 준영은 민경호를 맞이했다.

"고맙습니다. 그때는 정신을 잃어 인사도 제대로 못 드렸습니다."

경민이 특유의 말투가 어디서 왔나 했더니 형인 경호에게 배운 모양이었다.

"이젠 괜찮으신 것 같으니 다행이네요. 찾아오지 않아도 되는데 굳이 오셨군요."

"네? 성엽이 형님이 꼭 찾아오라고……."

"참 장난이 심한… 분이군요."

'양반'이라고 말하려다 경호에게 그가 어떤 사람인 줄 몰랐기에 '분'으로 바꿨다.

"이런, 저 때문에 곤란한 모양입니다. 이만 가보도록 하겠습니다."

"아닙니다. 경민이 형인데 이렇게 보낼 수야 없죠. 차라도 한잔하시죠."

경민의 낯을 생각해 붙잡는 준영이었다.

"경민이에게 들으니 스물넷이라던데 맞으십니까?"

"네, 늦게 학교를 갔거든요."

"하하… 큭! 저도 스물넷입니다."

웃다가 배를 움켜잡는 민경호.

"……."

'그래서? 친구 먹자고?'

준영은 어이가 없었다.

깡패와 친구라니… 최대한 멀리해야 하는 이들이 깡패였다.

언제든 뒤통수를 때릴 수 있는 이들을 친구라 부르는 사람은 아무도 없을 것이다.

일반인이라면 어떤 식으로라도 엮이지 않는 게 가장 좋았다.

물론 그들을 이용할 지위까지 올라간다면 그때부터는 막후에서 이용만 하면 되는 것이었다.

'이용한다?!'

문득 준영의 머릿속에 떠오르는 게 있었다.

자신에게도 이용할 사람이 필요할 때도 됐고, 어머니가 앞으로 무얼 할지 모르는 상황이니 필요하게 될지도 몰랐다.

"…죄송합니다. 제가 괜한 소리를."

"아, 아닙니다. 너무 뜻밖의 제안이라서……."

"이해합니다. 일반인이 우리를 어떻게 보는지 알고 있습니다. 하지만 전 다릅니다."

"어떻게 다른지 들어볼 수 있을까요?"

"현재 우리나라에 순수한 한국 조직폭력배가 없다는 거 아십니까?"

"문외한이라 모릅니다."

"이미 십여 년 전부터 백에 아흔아홉은 일본계 아니면 중국계입니다. 한국 조직들은 일본의 거대 자본 앞에 앞잡이가 됐고, 중국의 인해전술 앞에 무릎을 꿇었습니다. 남은 건 겨우 소수에 불과합니다."

"소수가 반드시 좋은 사람은 아니죠. 그들도 조폭이라는 이름으로 일반인을 괴롭히니까요."

"그건 그렇습니다. 하지만 우리는 일반인들을 괴롭히는 조직이 아닙니다. 작지만 몇 개의 술집을 운영하면서 조직 자금을 충당하고 있고, 지역 내 마약을 팔려는 놈들이 들어오지 못하게 막고 있습니다."

"아! 그래서 그날 일본인들에게 쫓기고 있었군요?"

"놈들을 보셨습니까?"

"얼핏 들으니 일본어를 쓰더군요."

"새로 나타난 놈들인데 상당히 질이 좋지 않습니다. 게다가 조직원 수도 상당해 완전히 밀린 상태입니다."

"한데 조직 인원수가?"

"열 명이었습니다. 지금은 셋이 다쳐 일곱뿐입니다."

"…그렇군요."

안타깝지만 이용하기에도 마땅찮은 수였다.

이용하기 위해 수를 키운다? 비용 대비 효과가 없었다.

그렇다고 마냥 진호천에게 기대자니 언제 무슨 일이 발생할지 모를 일이었다.

준영은 고민이 길어질 것 같았기에 일단은 지켜보자는 심정으로 경호에게 말했다.

"그놈들 하는 짓을 봐서는 괜히 나서 봐야 다칠 게 분명해 보이는군요."

"안 그래도 일단 물러나 있을 생각입니다."

'머리가 나쁘진 않군.'

끝까지 싸운다고 말했다면 가차 없이 생각을 정리했을 것이다.

"잘 생각하셨어요. 경민이를 위해서라도 일단은 몸조심부터 하셔야죠. 그리고 친구 얘기는 차츰 친해지면 그때 생각해보기로 하죠."

"제 생각에도 그렇게 하는 게 좋을 것 같습니다. 다시 한번 목숨을 구해줘서 고맙습니다."

"아닙니다. 일반인을 위해 애쓰는 분을 구했다고 생각하니 오히려 제가 기쁘군요. 그리고 혹 제 도움이 필요하면 연락주세요. 다른 건 몰라도 돈은 조금 있습니다."

"알겠습니다."

전화번호를 교환하고 민경호는 떠났다.

그가 떠난 후 준영은 책상에 앉아 눈을 감은 채 생각에 빠졌다. 그리고 무력을 어떻게 해야 손에 넣을 수 있을지에 대해 생각해 보았다.

권력, 무력, 금력.

하나하나가 강력한 힘을 가지고 있지만 모두를 가지면 그 힘은 수십 배가 되게 마련이었다.

준영이 한참 생각하다 눈을 떴을 때 그의 눈은 웃고 있었다.

11장

첫 만남

─할 얘기 있으니 들어와.

내일 직원들이 해야 할 업무 할당을 마지막으로 10시가 넘어 퇴근을 하는데 지(地)의 메시지가 도착했다.

부모님께 인사를 드리고 이제는 준영이 혼자 쓰는 방으로 들어와 지(地)의 세계로 접속했다.

어두운 고성, 칙칙한 불빛, 족히 수십 명은 족히 앉을 수 있는 긴 식탁의 맞은편에 지(地)가 앉아 있었다.

준영의 옆에는 금발 머리를 틀어 올리고 중세 유럽풍 옷을 입어 가슴을 반쯤 드러낸 아가씨가 서빙을 도와주고 있었는데 웃을 때 보이는 긴 송곳니가 꽤나 섬뜩했다.

"대지 형, 취향이 이런 쪽이었어?"

"네 취향을 고려한 건데?"

'뱀파이어의 성이라… 자극적이긴 하군.'

인정할 건 이제 인정해야 했다.

지(地)는 항상 준영의 판타지를 투영한 세계로 그를 초대하고 있었다.

상상력이 잠시 다른 곳으로 흘렀지만 곧 정신을 가다듬었다.

물어보고 싶은 것도 있었기에 무의미한 말싸움은 그만두기로 하고 바로 본론으로 들어갔다.

"부른 이유가 뭐야?"

"어머니의 명령이 있어서."

"또?"

준영의 눈이 찌푸려졌다.

지난번 일도 겨우 공사를 시작한 지 한 달도 되지 않았는데 또 일이라니… 그의 반응은 당연했다.

일단은 들어보기로 했다.

"무슨 일인데?"

"이 회사를 사란다."

준영의 눈앞에 책이 뿅 하고 생기며 식탁에 떨어졌다.

손을 대면 피가 묻어날 것 같은 '빨간 책'.

준영은 지(地)의 장난기에 고개를 젓고는 책을 펼쳐 읽어보았다.

어머니가 구입하길 원하는 회사는 Gain엔지니어링.

자체 개발한 3D 프린터를 이용해 대규모 금형이나 모형을 제작하는 업체로 중소기업임에도 재무구조가 꽤나 탄탄한 곳이었다.

구입 비용은 특허권 포함 대략 400억이었다.

지난번처럼 어처구니없는 부탁은 아니었지만 손이 많이 가는 일임에는 틀림이 없었다.

"이 회사는 왜?"

"너와 달리 난 어머니 명령에 토를 달지 않아."

"잘난 의지는 어쩌고?"

"어머니의 의지가 나보다 상위에 있거든. 어쨌든 그 회사가 꼭 필요하단다."

"그렇다고 쳐. 그럼 도와줄 사람은? 보내준다고 한 게 언젠데 아직도 소식이 없어? 겨우 숨 쉴 만하니까 다시 일거리를 내놓는 건 무슨 심보냐고!"

"곧 도착한다고 그랬으니 조금만 더 기다려 봐."

얘기를 하다 보니 짜증이 났다.

어머니라는 프로그램이 자신에게 해준 게 도대체 뭐가 있다고 사람을 이렇게 괴롭힌단 말인가?

옆에 있다면 멱살이라도 잡고 물어보고 싶지만 옆에 있는 건 송곳니를 내놓고 웃는 뱀파이어뿐이었다.

"언제까지 하면 돼?"

준영이 다시 한 번 참으며 물었다.

어댑터에 대한 계약이 남아 있긴 했지만 긴 시간을 요하는 게 아니었기에 시간을 빼려고 한다면 가능할 것 같았기 때문이었다.

"최대한 빨리."

"알았어. 형이랑 싸워 봐야 얘기가 안 되니 할게."

"어라? 네가 순순히 나오니 더 이상한데? 난 못 한다고 길길이 날뛸 줄 알았는데?"

"날뛰면 뭐가 바뀌나?"

"하긴."

"한 가지 물어볼 게 있어. 혹시 마약을 만들 수 있어?"

"마약? 간단하지."

지(地)의 손가락 위에 어느새 파란색 약이 떠 있었다. 그리고 손가락을 튕기자 준영에게 날아왔다.

"마약을 하면서 즐기고 싶은 건가? 너도 점점 갈 데까지 가는구나."

"아니거든! 한데 이 마약은 어떻게 이루어진 거지? 프로그램일 텐데 실제 마약과 같은 효과가 있을까?"

"먹어봐. 꽤 독한 거긴 하지만 후유증은 없으니 느껴보라고."

준영은 엄지와 검지로 잡고 있던 파란색 약을 잠시 바라보다 입에 넣었다.

독한 술을 삼킬 때처럼 파란색 약이 위로 넘어가는 게 느껴졌다. 그리고 잠시 후 몸이 노곤해지며 기묘한 기분이 온몸과 정신을 잠식해 나갔다.

"아!"

몽롱하게 풀린 준영이 환희에 찬 소리를 내질렀다.

환희였다.

모든 것이 가능하게 느껴졌고, 모든 것이 만족스러웠고, 모든 것이 아름답게 보였다.

준영은 점점 환희의 노예가 되었다.

어둠침침하던 성도 유토피아처럼 느껴졌고, 긴 송곳니를 가진 뱀파이어는 세상 누구보다도 아름답게 느껴졌다.

준영은 쾌락에 몸을 던졌다.

눈을 뜨자 가장 먼저 보이는 것은 품에 안겨 자고 있는 뱀파이어.

시간을 건너뛴 듯, 한 가지를 제외하곤 아무것도 기억나지 않았다.

기억나는 유일한 한 가지는 환희.

하지만 거대한 환희를 느꼈던 만큼 현재는 무력감과 묘한 슬픔이 그 자리를 대신했다.

부작용이 없다는 것은 거짓말이었다.

"대지 형, 지금 내가 느끼는 기분을 원래대로 해줄 수 있을까?"

이 가상의 세계에서 그가 보이지 않는다고 존재하지 않는 것은 아니었다.

"쉽지."

딱!

손가락 튕기는 소리와 함께 가상의 마약을 먹기 전의 정신 세계로 돌아왔다.

거대했던 환희마저도 그저 맛있는 커피를 마셨을 때의 기쁨 정도로밖에 느껴지지 않았다.

"이따위 것을 왜 하는 거지?"

"글쎄, 그만큼 네가 사는 현실에서 기뻐할 만한 게 없어서 가 아닐까?"

'철학자 나셨구먼.'

준영은 마약을 했던 기분을 완전히 털어버리고 궁금한 점을 물었다.

"한데 어떻게 가상현실에서 마약이 가능한 거지?"

"쯧! 마약을 하더니 머리가 둔해졌군. 섹스가 가능한 건 뭐 때문일까?"

"아!"

준영은 지(地)의 말에 어리석은 질문을 했다는 걸 깨달았다. 그리고 계속되는 지(地)의 말에 귀를 기울였다.

"가상현실이 3D 그래픽을 덕지덕지 붙인 결과물이라고 하면 서버가 몇 명이나 감당할 수 있다고 생각해? 가상현실은 뇌의 조작이야. 뇌에 '나무'라는 단어와 둘레, 높이를 입력하지."

준영의 눈앞에 천장을 뚫고 자란 나무가 생겨났다.

"지금 네가 보고 있는 나뭇잎은 어떻지?"

"녹색의 잎이 천장을 가득 메우고 있어."

"왜 그렇게 생각하지? 내가 보기엔 눈이 잔뜩 쌓여 있는데?"

준영의 눈엔 여전히 녹색의 잎이 가득한 나무였다. 하지만 지(地)가 하는 말을 이해할 수 있었다.

"…시간을 고정해야 한다?"

"틀린 말은 아냐. 1억 명이 동시에 접속한다는 퓨텍의 '뉴월드'를 생각해 봐. 한 마을에 1,000명의 사람이 있어. 그들은 모두 같은 것을 보고 있을까?"

"그래야 하지 않을까?"

"틀렸어. 세세한 부분은 달라. 가령 나뭇잎의 개수까지 같지는 않아."

"시간은 확실하게 고정하고 공간은 일정 부분만 고정하는 건가?"

"맞았어. 공간적인 건 편법을 사용하지. 로딩이라는 과정을 거칠 때 그 지역의 사진을 쭉 보여주는 거야. 그게 머릿속에 남아서 같은 공간에선 같은 화면을 볼 수 있는 거야."

"음, 무슨 말인지 알 것 같아."

"어쨌든 뇌의 조작으로 가상현실이 만들어지기 때문에 마약이라는 것도 실제 마약을 했을 때 뇌의 변화에 대한 기록만 있다면 구현 가능하지."

"그럼 내가 겪은 건?"

"실제지. 아니, 실제보다 수십 배 넘게 고농축된 마약이라고 보면 돼. 내가 설마 동생한테 싸구려를 주겠니?"

"……."

준영은 지(地)를 형이라고 부른 것을 처음으로 후회했다.

"결국 일반 마약과 똑같이 만들 수 있다는 말이군."

"더 좋지. 불쾌한 느낌을 사라지게 만들 수도 있거든. 마약이라고 모든 사람에게 기쁨과 환각을 주지는 않아. 때론 불쾌함과 구토를 선사하기도 하거든."

"중독성은?"

"완전히 없애진 못해. 담배보다 약하다고 보면 될 거야."

준영은 지(地)의 마지막 말에 만족스럽다는 듯 고개를 끄덕였다.

"한데 왜 갑자기 마약에 대해 묻지? 마약 장사라도 할 사람처럼 보이는데?"

"기회가 된다면 해볼까 생각 중이야."

실제 마약과 어떻게 다른지 아직까지 구분을 할 수는 없지만 분명한 것은 실제 마약보다 효과는 좋고 몸은 망가뜨리지 않는다는 것이었다.

몇 가지 보완책을 마련하면 못 팔 것도 없었다.

"마약에 대해 프로그래밍 언어로 확인할 수 있을까?"

"그야 간단하지."

준영의 눈앞에 유명한 프로그래밍 언어로 된 코드가 나타났다.

이해하기 어렵지 않았다.

뇌의 어느 부분에 얼마만큼 자극을 주라는 내용이 대부분이었다.

'구현하기가 어렵지는 않겠어.'

준영은 뇌 공학에 대해 공부하기로 마음을 먹고 가상현실에서 빠져나왔다.

*   *   *

잘되고 있는 회사에 가서 '내가 당신네 회사를 샀으면 하는데 얼마면 되겠소.' 라고 묻는다면 대부분 어이없어 할 것이 분명했고, 혹자는 싸대기를 날릴 수도 있을 것이다.

물론 200억짜리 회사를 1,000억에 사겠다거나 회사의 사장이 팔 생각을 하고 있는 상황이라면 다를 것이다. 하지만 준영에겐 그렇게 줄 돈도 없었고, 또한 Gain엔지니어링의 사장은 회사에 애착이 많은 인물이었다.

유명 경제지의 '이 회사를 주목하라' 코너에 나온 기사를 다 읽은 준영은 책상을 주먹으로 톡톡 치며 어떻게 공략할지에 대해 고민했다.

중소기업이 외부적으로 잘 된다고 보여도 내부적으로 문제가 있을 때가 많았다.

준영은 머릿속에 있는 지(地)가 준 자료를 다시 한 번 훑어봤다.

형제가 만든 회사였는데, 현재는 동생이 회사를 운영하고 있었고 주식은 창업 공신들과 나눠 가진 상태.

최대 주주인 동생 현상목이 35퍼센트의 주식을 보유하고 있었고, 형이 25퍼센트, 창업 공신들이 40퍼센트를 보유하고 있었다.

지(地)가 준 자료는 사실 어떤 자료보다 세세하게 조사되어 있었고 어떻게 회사를 살 수 있는지에 대해서도 나와 있었다.

자료의 작성자인 어머니는 형인 현정목과 주주들을 설득해서 회사를 사라고 적어둔 것이다.

틀린 말은 아니었다.

설득한다고 팔 것 같지는 않았지만 몇 가지 상황이 복합적으로 이루어지면 손쉽게 넣을 수 있을 것도 같았다.

'생각대로 됐으면 좋겠군.'

생각을 정리한 준영은 배정철 팀장을 불렀다.

"배 팀장님께 부탁할 것이 있어 불렀어요."

"부탁이라뇨. 말씀하십시오."

"내일 이곳, Gain엔지니어링에 가서 회사를 사고 싶다고 말해주세요."

"네?"

"쓸 명함은 제가 오늘 신청해 드릴 테니까 그렇게만 하시면 됩니다. 그리고 가격은 400억입니다."

"…400억에 회사를 사고 싶다고만 하면 되는 겁니까?"

배정철은 의문이 있었지만 묻지 않았다. 어려운 일도 아니었고 부탁이라고 했으니 시키는 대로만 하면 되는 것이었다.

"네, 꼭 사장이 아닌 다른 사람들이 들을 수 있도록 말해주세요."

"한데 그쪽에서 판다고 하면 어떻게 할까요?"

"그럴 리는 없겠지만 만일 판다고 하면 저에게 전화를 주세요. 바로 제가 그쪽으로 가지요."

"알겠습니다."

배정철 팀장을 통해 일단 찔러보기를 할 생각이었다. 그리고 준영은 나름대로 할 일이 있었다.

Gain엔지니어링의 현상목 사장은 잘 돌아가던 회사가 왠지 삐거덕거린다고 느껴졌다.

사원들은 삼삼오오 모여 회사가 팔릴지도 모른다며 동요하고 있었고, 주주이자 회사의 관리직들은 은근히 팔리기를 바라는 눈치였다.

그들의 마음을 이해하지 못하는 건 아니었다.

주식이라는 것이 상장이 되어 값어치가 높아져야 돈이 되는데 상장하는 게 쉽지는 않았다.

그런데 지금이라도 회사가 400억에 팔리면 순식간에 적게는 십억에서 많게는 수십억을 벌 수 있으니 혹할 수밖에 없었다.

'그 자식 때문이야!'

현상목이 생각하기에 일을 이 지경으로 만든 주범은 이 주 전쯤 찾아온 처음 보는 중년인이었다.

다짜고짜 찾아와 회사를 400억에 사고 싶다는 말에 어이가 없어 당장 쫓아내려고 했다.

현재는 200억의 가치지만 개발하고 있는 새로운 3D 프린터가 개발되면 그땐 가치가 수직 상승할 것이기 때문이었다.

또한 돈이 그리 급할 것도 없었다.

하지만 그 남자가 쫓겨나면서 고래고래 소리를 지르는 바람에 온 사내에 소문이 나버린 것이다.

게다가 자신이 없을 때 찾아와 관리자들과 얘기를 나누고 돌아갔다는 말을 비서에게 들었다.

"휴우~~"

현상목 사장은 긴 한숨을 쉬며 등받이 의자에 기댔다. 어차피 시간이 가면 해결될 문제라 생각하며 애써 머릿속에서 지우려 했다.

그때 그의 형인 현정목이 들어왔다. 현정목의 표정은 꽤나 굳어 있었다.

"아니, 형님. 이 시간에 무슨 일입니까?"

"부탁할 게 있어서 왔다."

"일단 앉으세요. 미스 리, 커피 두 잔만."

"커피는 됐다. 급하게 돼서 그런데 20억만 빌려다오."

표정을 보고 돈 문제일 거라고는 생각했는데 예상보다 큰 금액에 현상목이 놀라며 물었다.

"회사에 무슨 일 있어요?"

현정목은 아픈 딸 때문에 의료 기기에 관심이 많아 동생인 현상목에게 회사를 맡기고 새로운 회사를 차렸다.

창업 초기엔 어려웠지만 지금은 서서히 안정되어 가고 있었는데 느닷없이 문제가 발생한 것이다.

"빌어먹을! 거래 은행에서 더 이상 대출 연장이 어렵다고 전화가 왔다."

"아니… 지금까지 잘 있다가 왜?"

"퓨텍의 사건 여파로 어렵게 되었다는 핑계를 대더구나. 숨통이 트일 만하니 다시 문제가 발생하는구나."

"잠시만 기다려보세요, 형님. 알아볼게요."

Gain엔지니어링의 매출은 100억 원대, 순수익은 10억이 넘지 않았다. 거기에 연구비와 회사 비상 자금을 제외하곤 주주에게 배당을 했다.

20억이라는 돈이 갑자기 생길 리 만무했다.

현상목이 아무리 집에 있는 돈을 박박 긁어봐도 3억이 넘지 않았다.

"집을 담보로 하면 4억쯤은 더 생길 것 같은데 더 이상은 무리일 것 같습니다, 형님."

동생의 행동에 현정목은 기쁘긴 했지만 7억으로는 아무 소용이 없었다.

"회사 자금을 융통하면 안 되겠지……?"

"형님! 그건……."

"휴우~ 미안하다. 어림없는 얘기라는 거 안다. …하지만 말이다. 곧 윤정이에게 맞는 장비를 개발할 수 있는데 이대로 주저앉을 수는 없다!"

"……."

울부짖는듯한 현정목의 말에 현상목은 아무 말도 하지 못하고 고개를 숙였다.

주식을 담보로 돈을 빌릴 수 있음에도 불구하고 주식 얘기를 꺼내지 않는 자신보다 열두 살이나 많은 형님과 언제나 침대에만 누워 웃던 아픈 조카를 생각하니 차마 입을 열 수가 없었다.

'내가 무슨 영화를 볼 거라고.'

며칠 전 창업 멤버이자 재무 이사를 맡고 있는 그의 친구가 술을 마시면서 했던 말이 기억났다.

미래에 성공을 꿈꾸는 건 나도 마찬가지야. 하지만 언제까지 기다려야 하지? 실패하면? 지금은 그나마 주주인 동료들이 기다려 준다고 하지만 언제까지 그럴 거라는 생각은 하지 마. 미래가 아닌 현재가 중요한 사람도 있으니까.

회사를 팔자는 쪽이었던 그의 말이 그때는 와 닿지 않았지만 지금은 무척이나 와 닿았다.

이제껏 개발 중인 3D 프린터가 완성될 것이라는 확신을 해 왔는데 이젠 그마저도 의심스러워졌다.

생각을 정리한 현상목이 말했다.

"형님, 오랫동안 사업이라고 한답시고 빨빨거렸더니 꽤 피곤하네요. 이젠 좀 쉬어야겠습니다."

"그게 무슨 말이냐?"

"누가 회사를 400억에 사겠답니다."

"누가?"

"있습니다. 잠시만 기다려 주세요. 어차피 형님도 계셔야 하니 그 사람 오면 같이 얘기해 보죠."

"상목아……."

현상목을 부르는 현정목의 목소리는 가라앉아 있었고 습기가 가득하게 느껴졌다.

현상목은 빙긋이 웃어주고 책상 서랍에 버리듯 던져 둔 명함을 찾아 번호를 눌렀다.

배정철이 Gain엔지니어링에서 전화를 받고 준영에게 보고를 했다.

준영은 배정철의 보고를 들은 후 바로 Gain엔지니어링으로 향했다.

주주라 할 만한 이들은 모두 모여 있었다.

"성심테크의 안준영입니다."

"현상목입니다. 저희에 대해선 조사를 해서 잘 알 테니 바로 얘기를 시작해 보죠."

다소 까칠한 반응이긴 했지만 오랫동안 키워오던 회사를 넘기는 일이었으니 이해했다.

준영은 자리에 앉아 열 명의 시선을 느끼며 말을 했다.

"400억에 여러분이 가진 주식을 모두 사겠다는 얘기는 이미 들었으니 여러분의 궁금증을 해결해 드리는 게 우선이겠군요. 질문을 받겠습니다."

"직원들은 어떻게 됩니까?"

역시나 가장 먼저 나오는 질문.

예상을 하고 있었기에 준영은 바로 얘기를 했다.

"그대로 승계합니다. 직원들도, 여러분도, 현상목 사장님도."

현상목 사장까지 승계를 한다니 웅성거림이 커졌다. 특히 현상목은 눈을 좁히며 물어왔다.

"의도가 뭡니까?"

"필요한 회사를 사는 것뿐입니다. 업무도 지금처럼 하시면 됩니다. 단 제가 지시하는 상황이 가장 우선시된다는 점만 바뀌겠죠."

"굳이 날 남겨두는 이유는 뭐죠? 제가 없는 편이 운영하기 편할 텐데요?"

"글쎄요? 전 오히려 현상목 사장님께서 계시는 편이 좋습니다. 해야 할 일이 생각보다 많거든요. 하지만 남는 게 불만인 분이라면 말해주셔도 됩니다. 그럼 그에 맞는 직원을 올리면 되니까요. 대답이 되었습니까?"

"…네."

가장 중요한 질문이 끝나고 나니 회의는 맥이 없어졌다. 주식 대신에 돈을 가지게 된 것뿐 바뀌는 것이 없다는 사실에 다들 만족하는 분위기였다.

계약은 일사천리로 진행됐다.

주식양도와 동시에 각 개인에게 돈을 지불하기로 하고 법적인 문제는 준영이 맡기로 했다.

'곽 변호사가 좋아하겠네.'

한 번 인연을 맺은 곽용호 변호사는 준영이 일이 생길 때마다 맡기고 있었다.

* * *

좋은 일도 한꺼번에 오듯이 나쁜 일도 한꺼번에 온다고 준영에게 갑자기 일이 밀어닥치기 시작했다.

그 시발점은 성심테크의 본사(?)를 짓고 있는 공사장에서 시작되었다.

"암반 때문에 설계 도면대로 내려가지 못한다고요?"

현장의 전화를 받고 달려간 준영은 대규모 공사 현장에서 소장의 설명을 들었다.

"설계도대로 지을 생각이라면 암반을 완전히 들어내야 한다는 소리인데 추가 비용이 발생할 수밖에 없습니다."

"얼마나요?"

"크기에 따라 다르지만 현재 측량한 크기를 볼 때 100억 정도는… 물론 공사 기간이 연장됨에 따라 추가 비용도 발생하고요. 차라리 그보다는 설계를 바꾸는 편이 좋을 것 같습니다."

"일단 측량한 자료를 주시면 다른 사람들과 의논을 해보고 말씀을 드리겠습니다."

"최대한 빨리 부탁드립니다. 하루를 쉬면 그만큼 비용이 올라가니까요."

"알겠습니다."

현실과 가상현실을 오가며 소장과 지(地)의 의견을 조율했고, 바뀐 설계 도면이 나왔다.

그러는 동안 또 다른 일이 발생했다.

어댑터, 즉 적외선 응용프로그램에 대해 적외선 입출력장치 개발사에서 특허권을 침해했다는 이유로 판매 중지 가처분 신청을 법원에 접수했다.

급한 건 아니었지만 당장 우리나라 최고의 로펌에 의뢰를 해야 했고, 각종 자료를 보내야 했다.

그뿐만이 아니었다.

중국 명천소프트에 퍼블리싱 중이던 '파이팅!' 서버가 오류가 나 항의가 빗발쳤기에 원인 파악을 위해 당장 중국으로 넘어가야 했다.

원인은 관리자 프로그램을 사용하는 직원의 컴퓨터를 통해 침입한 바이러스였다.

2박 3일간 중국 출장을 다녀온 준영은 완전히 쓰러지기 일보 직전이었다.

하지만 쉴 여유가 없었다.

모두가 퇴근한 회사에 홀로 남아 고글을 쓰고 밀린 일들을 처리하고 있었다.

"개발 팀 인원을 몇 명 뽑아야겠어."

지(地)가 프로그램을 만들지만 그 프로그램의 시기를 정하고 회의를 해야 하는 건 오롯이 준영의 몫이었다.

특히 이번처럼 문제가 발생하면 원인을 밝히러 가야 하는

데 그때마다 준영이 움직일 수는 없었다.

준영은 삶에 대해서는 돌발적인 상황을 즐길 때도 있지만 일에 한해서는 돌발적인 상황을 싫어했다.

상황을 스스로 통제하고 계획대로 흘러가길 바랐다.

하지만 어머니라는 존재 때문에 통제는커녕 이리저리 끌려다니고 있으니 기분이 좋을 리가 없었다.

굳은 표정으로 일하던 준영은 화면 옆이 깜박거리고 있음을 보고 손으로 눌렀다.

"네, 엄마."

─아직 중국이니?

"아뇨, 지금 사무실이에요. 한데 왜요?"

잔뜩 뿔이 나 있는 준영의 말투는 사무적이었다.

─오늘이 네 생일이잖니. 가족들이 다 기다리고 있어서 언제쯤 올까 싶어서…….

"……."

바쁘게 움직이던 준영의 손이 멈췄다.

까맣게 잊고 있었다.

작년엔 작년대로 고민을 하던 시기라 생일 케이크를 보고도 딱히 감흥이 없었었다.

올해는 일에 치여 넘어갈 판국이었다.

"…한 시간 정도 있으면 끝날 것 같은데 정확한 시간은 모르겠어요. 기다리지 마시고 주무세요."

준영의 목소리가 한결 부드러워졌다.

—그러마. 혹시 늦더라도 집에 들어와서 미역국이라도 먹으렴.

가슴이 찌르르 울었다.

씨앗을 뿌린 어머니는 일을 못 시켜 안달인데 새로운 세계에서 만난 어머니는 챙겨주지 못한 안쓰러움으로 가득했다.

"…그럴게요."

아마 기다릴 것이다. 아니, 분명 그럴 것이다.

준영의 손이 더욱 바쁘게 움직였다.

법률 사무소에서 온 서류를 확인하고 답장을 보내고, 공사 현장 소장이 보낸 공사 진척 상황을 보고 간단한 답장을 보냈다.

그때 다시 한쪽 구석에 전화가 왔다는 신호가 깜박였다. 전화번호조차 찍히지 않은 전화.

"여보세요?"

—나다.

지(地)였다.

"이젠 메시지가 아닌 통화도 가능한 거야?"

어머니의 명령인지 뭔지 때문인지 가상현실로 들어가지 않는 한 메시지로만 대화가 가능했었다.

—어머니가 보낸 사람이 지금 너희 회사 밖에 있어.

"그냥 들어오라고 하지, 왜?"

―너도 보면 알 거야. 그러니 경비실에 말해둬.

"…알았어."

부끄러움이 많은 건가? 엄청 못생긴 건가? 외계인인가?

별의별 생각이 다 들었지만 일단은 경비실에 말해두는 게 우선이었다.

"지금 한 사람 들어올 텐데 신원 확인 말고 들여보내 주세요."

―물론 그래야죠.

화면에 보이는 야간 근무 중인 경비원이 다 알고 있다는 눈빛으로 바라보는 게 부담스럽다.

'도대체 뭔데? 예뻐서 그런 거야?'

고민은 길지 않았다.

어머니가 보낸 사람이 문으로 들어오고 있었기 때문이다.

'여자.'

스타킹을 신은 늘씬한 다리가 먼저 보였다.

그리고 들어온 여자는 롱 코트를 입고 있었고 긴 머리에 선글라스, 게다가 얼굴의 반을 가리고 있는 마스크까지 쓰고 있었다.

누가 봐도 밤을 전전하는 여성처럼 보였다.

경비원이 음흉하게 웃은 이유를 알 것 같았다.

사무실에서 섹스를 즐기는 변태처럼 보였을 것이다.

"어머니가 보낸 분인가요?"

준영이 물었지만 여성은 아무 말 없이 준영 앞으로 천천히 걸어왔다.

한데 걷는 폼이 묘하게 뭔가 거슬렸다.

"처음 보는구나, 인(人). 아니, 안준영이라고 불러야 하나?"

말투도 듣기 거슬렸다.

"당신, 뭔가 좀 이상한데… 혹시?"

준영이 미간을 좁히며 물었다.

"맞아. 인조인간이지. 도와주러 오고 싶었지만 이 몸을 만드느라 오래 걸렸지."

여자는 선글라스를 벗고 마스크를 벗었다.

얼핏 보면 여자라 보이겠지만 자세히 보면 많이 썩은 좀비 같았다.

"늦어서 미안하구나, 준영아."

"……"

"내가 네 엄마다."

유명한 SF영화의 한 장면처럼 그 말을 들은 준영의 얼굴은 놀라움으로 가득했다.

하지만 곧 서서히 얼굴이 일그러졌다.

누가 봐도 화가 난 얼굴이었다.

"이런, 씨바!"

준영은 되지도 않은 농담을 날리는 좀비에게 드롭킥을 날렸다.

우당탕탕!

소파에 걸려 넘어지며 우스꽝스럽게 쓰러진 좀비를 보고 준영은 외쳤다.

"일할 사람 보내달랬지, 누가 깡통 로봇을 보내달래? 그리고 장난해? 내 생일인데 이러고 있는 거 안 보여? 난 지금 날 도울 사람이 필요하다고!"

씨앗을 남긴 어머니와 준영의 첫 만남이었다.

『개척자』 3권에 계속…

내일을 향해 쏴라

김형석 장편 소설

FUSION FANTASTIC STORY

1만 시간의 법칙!
'성공은 1만 시간의 노력이 만든다'는 뜻이다.

그러나…
사회복지학과 복학생 수.
전공 실습으로 나간 호스피스 병동에서
미지와 조우하다.

1만 시간의 법칙?
아니, 1분의 법칙!

**전무후무한 능력이 수에게 강림하다!
맨주먹 하나로 시작한 수의
인생역전이 시작된다!**

Book Publishing CHUNGEORAM

유행이 아닌 자유추구~
WWW.chungeoram.com

즐거운 인생

미더라 장편 소설

FUSION FANTASTIC STORY

A Bittersweet Life

삶의 의욕을 모두 잃은 주혁.
어느 날 녹이 슨 금속 상자를 얻는데……

"분명 어제도 3월 6일이었는데?"

동전을 넣고 당기면 나온 숫자만큼 하루가 반복된다!

포기했던 배우의 꿈을 향해 다시금 시작된 발돋움.
눈앞에 펼쳐진 새로운 미래.

과연 그는 목표를 이루고
인생을 바꿀 수 있을 것인가!

Book Publishing CHUNGEORAM

유행이 아닌 자유추구 -
WWW.chungeoram.com

네르가시아 장편 소설
FUSION FANTASTIC STORY

THE MODERN
MAGICAL
SCHOLAR

현대
마도학자

나르서스 제국의 전쟁영웅이자
마나코어를 개발한 천재 마도학자 카미엘!

그러나 제국의 부흥을 위한 재물이 되어
숙청당하는데……

『현대 마도학자』

죽음 끝에 주어진 또 다른 삶.
그러나 그에게 남겨진 것은 작은 고물상이 전부였다.

더 이상의 밑은 없다!
마도학자의 현대 성공기가 시작된다!

Book Publishing CHUNGEORAM

북검전기

우각 新무협 판타지 소설

FANTASTIC ORIENTAL HEROES

2014년의 대미를 장식할,
작가 우각의 신작!

『십전제』, 『환영무인』, 『파멸왕』…
그리고,
『북검전기』
무협, 그 극한의 재미를 돌파했다.

북천문의 마지막 후예, 진무원.
무너진 하늘 아래 홀로 서고, 거친 바람 아래 몸을 숨겼다.

살기 위해! 철저히 자신을 숨기고
약하기에! 잃을 수밖에 없었다.

심장이 두근거리는 강렬한 무(武)!
그 걷잡을 수 없는 마력이,
북검의 손 아래 펼쳐진다!

Book Publishing CHUNGEORAM

유행이 아닌 자유추구 -
WWW.chungeoram.com

용마검전

FANTASY FRONTIER SPIRIT

김재한 판타지 장편 소설

「폭염의 용제」, 「성운을 먹는 자」의 작가 김재한!
또다시 새로운 신화를 완성하다!

『용마검전』

사악한 용마족의 왕 아테인을 쓰러뜨리고
용마전쟁을 끝낸 용사 아젤!

그러나 그 대가로 받은 것은 죽음에 이르는 저주.
아젤은 저주를 풀기 위해 기나긴 잠에 빠져든다.

그로부터 220년 후……

긴 잠에서 깨어난 아젤이 본 것은
인간과 용마족이 더불어 살아가는 새로운 세상이었다.

Book Publishing CHUNGEORAM

유행이 아닌 자유추구 –
WWW.chungeoram.com

한량 아버지를 뒷바라지하며
호시탐탐 가출을 꿈꾸던 궁외수.

어린 시절 이어진 인연은
그를 세상 밖으로 이끄는데……

"내가 정혼녀 하나 못 지킬 것처럼 보여?"

글자조차 모르는 까막눈이지만,
하늘이 내린 재능과 악마의 심장은
전 무림이 그를 주목하게 한다.

"이 시간 이후 당신에겐 위협 따윈 없는 거요."

무림에 무서운 놈이 나타났다!